COLLECTION
FOLIO CLASSIQUE

Edgar Allan Poe

Le Scarabée d'or

Traduction et préface
de Charles Baudelaire

Édition de Jean-Pierre Naugrette
Professeur à l'Université Paris III - Sorbonne Nouvelle

Gallimard

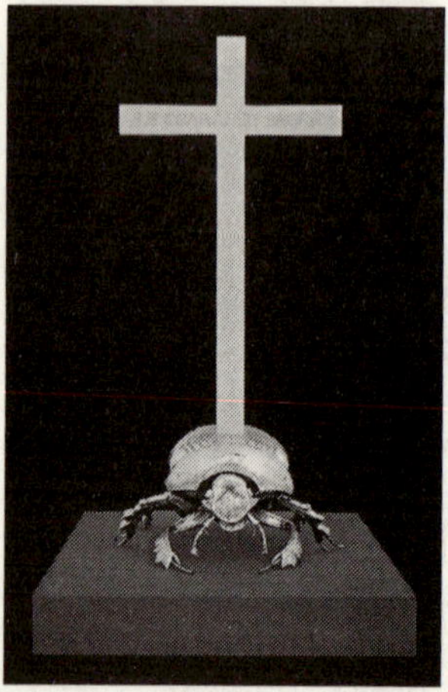

Illustration de couverture :
Jan Fabre, *Scarabée Sacré*, 2012 (Série : model brein), bronze au silicium, feuille d'or, 90 × 45 × 45 cm © Angelos bvba / Adagp, 2015. Photo Pat Verbruggen.

*Edgar Poe, sa vie et ses œuvres**

... Quelque maître malheureux à qui l'inexorable Fatalité a donné une chasse acharnée, toujours plus acharnée, jusqu'à ce que ses chants n'aient plus qu'un unique refrain, jusqu'à ce que les chants funèbres de son Espérance aient adopté ce mélancolique refrain : Jamais ! Jamais plus !

EDGAR POE
Le Corbeau

Sur son trône d'airain le Destin qui s'en raille
Imbibe leur éponge avec du fiel amer,
Et la Nécessité les tord dans sa tenaille.

THÉOPHILE GAUTIER
Ténèbres

I

Dans ces derniers temps, un malheureux fut amené devant nos tribunaux, dont le front était illustré d'un rare et singulier tatouage : Pas de

* À propos de ce texte, voir la Note sur la préface de Baudelaire (p. 128-132).

chance ! *Il portait ainsi au-dessus de ses yeux l'étiquette de sa vie, comme un livre son titre, et l'interrogatoire prouva que ce bizarre écriteau était cruellement véridique. Il y a dans l'histoire littéraire des destinées analogues, de vraies damnations, — des hommes qui portent le mot* guignon *écrit en caractères mystérieux dans les plis sinueux de leur front. L'Ange aveugle de l'expiation s'est emparé d'eux et les fouette à tour de bras pour l'édification des autres. En vain leur vie montre-t-elle des talents, des vertus, de la grâce ; la Société a pour eux un anathème spécial, et accuse en eux les infirmités que sa persécution leur a données. — Que ne fit pas Hoffmann pour désarmer la destinée, et que n'entreprit pas Balzac pour conjurer la fortune ? — Existe-t-il donc une Providence diabolique qui prépare le malheur dès le berceau, — qui jette avec* préméditation *des natures spirituelles et angéliques dans des milieux hostiles, comme des martyrs dans les cirques ? Y a-t-il donc des âmes* sacrées, *vouées à l'autel, condamnées à marcher à la mort et à la gloire à travers leurs propres ruines ? Le cauchemar des* Ténèbres *assiégera-t-il éternellement ces âmes de choix ? — Vainement elles se débattent, vainement elles se forment au monde, à ses prévoyances, à ses ruses ; elles perfectionneront la prudence, boucheront toutes les issues, matelasseront les fenêtres contre les projectiles du hasard ; mais le Diable entrera par une serrure ; une perfection sera le défaut de leur cui-*

rasse, et une qualité superlative le germe de leur damnation.

L'aigle, pour le briser, du haut du firmament
Sur leur front découvert lâchera la tortue,
Car *ils* doivent périr inévitablement.

Leur destinée est écrite dans toute leur constitution, elle brille d'un éclat sinistre dans leurs regards et dans leurs gestes, elle circule dans leurs artères avec chacun de leurs globules sanguins.

Un écrivain célèbre de notre temps a écrit un livre pour démontrer que le poète ne pouvait trouver une bonne place ni dans une société démocratique ni dans une aristocratique, pas plus dans une république que dans une monarchie absolue ou tempérée. Qui donc a su lui répondre péremptoirement ? J'apporte aujourd'hui une nouvelle légende à l'appui de sa thèse, j'ajoute un saint nouveau au martyrologe ; j'ai à écrire l'histoire d'un de ces illustres malheureux, trop riche de poésie et de passion, qui est venu, après tant d'autres, faire en ce bas monde le rude apprentissage du génie chez les âmes inférieures.

Lamentable tragédie que la vie d'Edgar Poe ! Sa mort, dénouement horrible dont l'horreur est accrue par la trivialité ! — De tous les documents que j'ai lus est résultée pour moi la conviction que les États-Unis ne furent pour Poe qu'une vaste prison qu'il parcourait avec l'agitation fiévreuse d'un être fait pour respirer dans un monde plus aromal, — qu'une grande barbarie éclairée au gaz, — et que sa vie intérieure, spirituelle, de poète ou même d'ivrogne, n'était qu'un effort perpétuel pour échapper à l'influence de cette atmosphère antipathique. Impitoyable dictature que celle de l'opinion dans les sociétés démocratiques ; n'implorez d'elle ni charité, ni indulgence, ni élasticité quelconque dans l'application de ses lois aux cas multiples et complexes de la vie morale. On dirait que de l'amour impie de la liberté est née une tyrannie nouvelle, la tyrannie des bêtes, ou zoocratie, qui par son insensibilité féroce ressemble à l'idole de Jaggernaut. — Un biographe nous dira gravement, — il est bien intentionné, le brave homme, — que Poe, s'il avait voulu régulariser son génie et appliquer ses facultés créatrices d'une manière plus appropriée au sol américain, aurait pu devenir un auteur à argent, a making money author *; — un autre, — un naïf cynique, celui-là, — que, quelque beau que soit le génie de Poe, il eût mieux valu pour lui n'avoir que du talent, le talent s'escomptant toujours plus facilement que le génie. Un autre, qui a dirigé des journaux et des revues, un ami du poète, avoue qu'il était difficile de l'employer et qu'on était obligé de le payer moins que d'autres, parce qu'il écrivait dans un style trop au-dessus du vulgaire.* Quelle odeur de magasin ! *comme disait Joseph de Maistre.*

Quelques-uns ont osé davantage, et, unissant l'inintelligence la plus lourde de son génie à la férocité de l'hypocrisie bourgeoise, l'ont insulté à l'envi ;

et, après sa soudaine disparition, ils ont rudement morigéné ce cadavre, — particulièrement M. Rufus Griswold, qui, pour rappeler ici l'expression vengeresse de M. George Graham, a commis alors une immortelle infamie. Poe, éprouvant peut-être le sinistre pressentiment d'une fin subite, avait désigné MM. Griswold et Willis pour mettre ses œuvres en ordre, écrire sa vie, et restaurer sa mémoire. Ce pédagogue-vampire a diffamé longuement son ami dans un énorme article, plat et haineux, juste en tête de l'édition posthume de ses œuvres. — Il n'existe donc pas en Amérique d'ordonnance qui interdise aux chiens l'entrée des cimetières ? — Quant à M. Willis, il a prouvé au contraire que la bienveillance et la décence marchaient toujours avec le véritable esprit, et que la charité envers nos confrères, qui est un devoir moral, était aussi un des commandements du goût.

Causez de Poe avec un Américain, il avouera peut-être son génie, peut-être même s'en montrera-t-il fier ; mais, avec un ton sardonique supérieur qui sent son homme positif, il vous parlera de la vie débraillée du poète, de son haleine alcoolisée qui aurait pris feu à la flamme d'une chandelle, de ses habitudes vagabondes ; il vous dira que c'était un être erratique et hétéroclite, une planète désorbitée, qu'il roulait sans cesse de Baltimore à New York, de New York à Philadelphie, de Philadelphie à Boston, de Boston à Baltimore, de Baltimore à Richmond. Et si, le cœur ému par ces préludes d'une histoire navrante, vous donnez à entendre que l'individu n'est peut-être pas seul coupable et qu'il doit être difficile de penser et d'écrire commodément dans un pays où il y a des millions de souverains, un pays sans capitale à proprement parler, et sans aristocratie, — alors vous verrez ses yeux s'agrandir et jeter des éclairs, la bave du patriotisme souffrant lui monter aux lèvres, et l'Amérique, par sa bouche, lancer des injures à l'Europe, sa vieille mère, et à la philosophie des anciens jours.

Je répète que pour moi la persuasion s'est faite qu'Edgar Poe et sa patrie n'étaient pas de niveau. Les États-Unis sont un pays gigantesque et enfant, naturellement jaloux du vieux continent. Fier de son développement matériel, anormal et presque monstrueux, ce nouveau venu dans l'histoire a une foi naïve dans la toute-puissance de l'industrie ; il est convaincu, comme quelques malheureux parmi nous, qu'elle finira par manger le Diable. Le temps et l'argent ont là-bas une valeur si grande ! L'activité matérielle, exagérée jusqu'aux proportions d'une manie nationale, laisse dans les esprits bien peu de place pour les choses qui ne sont pas de la terre. Poe, qui était de bonne souche, et qui d'ailleurs professait que le grand malheur de son pays était de n'avoir pas d'aristocratie de race, attendu, disait-il, que chez un peuple sans aristocratie le culte du Beau ne peut que se corrompre, s'amoindrir et disparaître, — qui accusait chez ses concitoyens, jusque dans leur luxe emphatique et coûteux, tous les symptômes du mauvais goût caractéristique des parvenus, — qui considérait le Progrès, la grande idée moderne, comme une extase de gobe-mouches, et qui appelait les perfectionnements de l'habitacle humain des cicatrices et des abominations rectangulaires, — Poe était là-bas un cerveau singulièrement solitaire. Il ne croyait qu'à l'immuable, à l'éternel, au self-same, et il jouissait — cruel privilège dans une société amoureuse d'elle-même, — de ce grand bon sens à la Machiavel qui marche devant le sage, comme une colonne lumineuse, à travers le désert de l'histoire. — Qu'eût-il pensé, qu'eût-il écrit, l'infortuné, s'il avait entendu la théologienne du sentiment supprimer l'Enfer par amitié pour le genre humain, le philosophe du chiffre proposer un système d'assurances, une souscription à un sou par tête pour la suppression de la guerre, — et l'abolition de la peine de mort et de l'orthographe, ces deux folies corrélatives ! — et tant d'autres malades qui écrivent, l'oreille inclinée au vent, des fantaisies giratoires aussi flatueuses que l'élément qui les leur dicte ? Si vous ajoutez à cette vision impeccable du vrai, véritable infirmité dans de certaines circonstances, une délicatesse exquise de sens qu'une note fausse torturait, une finesse de goût que tout, excepté l'exacte proportion, révoltait, un amour insatiable du Beau, qui avait pris la puissance d'une passion morbide, vous ne vous étonnerez pas que pour un pareil homme la vie soit devenue un enfer, et qu'il ait mal fini ; vous admirerez qu'il ait pu durer aussi longtemps.

II

La famille de Poe était une des plus respectables de Baltimore. Son grand-père maternel avait servi comme* quarter-master-general *dans la guerre de l'Indépendance, et Lafayette l'avait en haute estime et amitié. Celui-ci, lors de son dernier voyage aux États-Unis, voulut voir la veuve du général et lui témoigner sa gratitude pour les services que lui avait rendus son mari. Le bisaïeul avait épousé une fille de l'amiral anglais Mac Bride, qui était allié avec les plus nobles maisons d'Angleterre. David Poe, père d'Edgar et fils du général, s'éprit violemment d'une actrice anglaise, Élisabeth Arnold, célèbre par sa beauté ; il s'enfuit avec elle et l'épousa. Pour mêler plus intimement sa destinée avec la sienne, il se fit comédien et parut avec sa femme sur différents théâtres, dans les principales villes de l'Union. Les deux époux moururent à Richmond, presque en même temps, laissant dans l'abandon et le dénuement le plus complet trois enfants en bas âge, dont Edgar.*

Edgar Poe était né à Baltimore, en 1813. — C'est d'après son propre dire que je donne cette date, car il a réclamé contre l'affirmation de Griswold qui place sa naissance en 1811. — Si jamais l'esprit de roman, pour me servir d'une expres-

* À propos des événements qui suivent, voir la Note sur la préface de Baudelaire (p. 128-132).

sion de notre poète, a présidé à une naissance, — esprit sinistre et orageux ! — certes il présida à la sienne. Poe fut véritablement l'enfant de la passion et de l'aventure. Un riche négociant de la ville, M. Allan, s'éprit de ce joli malheureux que la nature avait doté d'une manière charmante, et, comme il n'avait pas d'enfants, il l'adopta. Celui-ci s'appela donc désormais Edgar Allan Poe. Il fut ainsi élevé dans une belle aisance et dans l'espérance légitime d'une de ces fortunes qui donnent au caractère une superbe certitude. Ses parents adoptifs l'emmenèrent dans un voyage qu'ils firent en Angleterre, en Écosse et en Irlande, et, avant de retourner dans leur pays, ils le laissèrent chez le docteur Brandsby, qui tenait une importante maison d'éducation à Stoke-Newington, près de Londres. — Poe a lui-même, dans *William Wilson*, décrit cette étrange maison bâtie dans le vieux style d'Élisabeth, et les impressions de sa vie d'écolier.

Il revint à Richmond en 1822, et continua ses études en Amérique, sous la direction des meilleurs maîtres de l'endroit. À l'Université de Charlottesville, où il entra en 1825, il se distingua non seulement par une intelligence quasi miraculeuse, mais aussi par une abondance presque sinistre de passions, — une précocité vraiment américaine, — qui, finalement, fut la cause de son expulsion. Il est bon de noter en passant que Poe avait déjà, à Charlottesville, manifesté une aptitude des plus remarquables pour les *sciences physiques et mathématiques. Plus tard il en fera un usage fréquent dans ses étranges contes, et en tirera des moyens très inattendus. Mais j'ai des raisons de croire que ce n'est pas à cet ordre de compositions qu'il attachait le plus d'importance, et que, — peut-être même à cause de cette précoce aptitude, — il n'était pas loin de les considérer comme de* faciles *jongleries, comparativement aux ouvrages de pure imagination. — Quelques malheureuses dettes de jeu amenèrent une brouille momentanée entre lui et son père adoptif, et Edgar, — fait des plus curieux, et qui prouve, quoi qu'on ait dit, une dose de chevalerie assez forte dans son impressionnable cerveau, — conçut le projet de se mêler à la guerre des Hellènes et d'aller combattre les Turcs. Il partit donc pour la Grèce. — Que devint-il en Orient, qu'y fit-il, — étudia-t-il les rivages classiques de la Méditerranée, — pourquoi le retrouvons-nous à Saint-Pétersbourg, sans passeport, — compromis, et dans quelle sorte d'affaire, — obligé d'en appeler au ministre américain, Henry Middleton, pour échapper à la pénalité russe et retourner chez lui ? — on l'ignore ; il y a là une lacune que lui seul aurait pu combler. La vie d'Edgar Poe, sa jeunesse, ses aventures en Russie et sa correspondance ont été longtemps annoncées par les journaux américains et n'ont jamais paru.*

Revenu en Amérique, en 1829, il manifesta le désir d'entrer à l'école militaire de West Point ; il y fut admis en effet, et là comme ailleurs il donna les signes d'une intelligence admirablement douée, mais indisciplinable, et au bout de quelques mois il fut rayé. — En même temps se passait dans sa famille adoptive un événement qui devait avoir les conséquences les plus graves sur toute sa vie. Mme Allan, pour laquelle il semble avoir éprouvé une affection réellement filiale, mourait, et M. Allan épousait une femme toute jeune. Une querelle domestique prend ici place, — une histoire bizarre et ténébreuse que je ne peux pas raconter, parce qu'elle n'est clairement expliquée par aucun biographe. Il n'y a donc pas lieu de s'étonner qu'il se soit définitivement séparé de M. Allan, et que celui-ci, qui eut des enfants de son second mariage, l'ait complètement frustré de sa succession.

Peu de temps après avoir quitté Richmond, Poe publia un petit volume de poésies ; c'était en vérité une aurore éclatante. Pour qui sait sentir la poésie anglaise, il y a là déjà l'accent extraterrestre, le calme dans la mélancolie, la solennité délicieuse, l'expérience précoce, — j'allais, je crois, dire *expérience innée*, — qui caractérisent les grands poètes.

La misère le fit quelque temps soldat, et il est présumable qu'il se servit des lourds loisirs de la vie de garnison pour préparer les matériaux de ses futures compositions, — compositions étranges qui semblent avoir été créées pour nous démontrer que l'étrangeté est une des parties intégrantes du beau. Rentré dans la vie littéraire, le seul élément où puissent respirer certains êtres déclassés,

Poe se mourait dans une misère extrême, quand un hasard heureux le releva. Le propriétaire d'une revue venait de fonder deux prix, l'un pour le meilleur conte, l'autre pour le meilleur poème. Une écriture singulièrement belle attira les yeux de M. Kennedy, qui présidait le comité, et lui donna l'envie d'examiner lui-même les manuscrits. Il se trouva que Poe avait gagné les deux prix ; mais un seul lui fut donné. Le président de la commission fut curieux de voir l'inconnu. L'éditeur du journal lui amena un jeune homme d'une beauté frappante, en guenilles, boutonné jusqu'au menton, et qui avait l'air d'un gentilhomme aussi fier qu'affamé. Kennedy se conduisit bien. Il fit faire à Poe la connaissance d'un M. Thomas White, qui fondait à Richmond le Southern Literary Messenger. *M. White était un homme d'audace, mais sans aucun talent littéraire ; il lui fallait un aide. Poe se trouva donc tout jeune, — à vingt-deux ans, — directeur d'une revue dont la destinée reposait tout entière sur lui. Cette prospérité, il la créa. Le* Southern Literary Messenger *a reconnu depuis lors que c'était à cet excentrique maudit, à cet ivrogne incorrigible qu'il devait sa clientèle et sa fructueuse notoriété. C'est dans ce* magasin *que parut pour la première fois l'*Aventure sans pareille d'un certain Hans Pfaall, *et plusieurs autres contes que nos lecteurs verront défiler sous leurs yeux*. Pendant près de deux ans, Edgar Poe,*

* Voir les *Histoires extraordinaires* de Poe, Folio classique n° 4081.

avec une ardeur merveilleuse, étonna son public par une série de compositions d'un genre nouveau et par des articles critiques dont la vivacité, la netteté, la sévérité raisonnée étaient bien faites pour attirer les yeux. Ces articles portaient sur des livres de tout genre, et la forte éducation que le jeune homme s'était faite ne le servit pas médiocrement. Il est bon qu'on sache que cette besogne considérable se faisait pour cinq cents dollars, c'est-à-dire deux mille sept cents francs par an. — Immédiatement, — *dit Griswold, ce qui veut dire : il se croyait donc assez riche, l'imbécile ! — il épousa une jeune fille, belle, charmante, d'une nature aimable et héroïque, mais* ne possédant pas un sou, — *ajoute le même Griswold avec une nuance de dédain. C'était une demoiselle Virginia Clemm, sa cousine.*

Malgré les services rendus à son journal, M. White se brouilla avec Poe au bout de deux ans, à peu près. La raison de cette séparation se trouve évidemment dans les accès d'hypocondrie et les crises d'ivrognerie du poète, — accidents caractéristiques qui assombrissaient son ciel spirituel, comme ces nuages lugubres qui donnent soudainement au plus romantique paysage un air de mélancolie en apparence irréparable. — Dès lors, nous verrons l'infortuné déplacer sa tente, comme un homme du désert, et transporter ses légers pénates dans les principales villes de l'Union. Partout, il dirigera des revues ou y collaborera d'une manière éclatante. Il répandra avec une éblouissante rapidité des articles critiques, philosophiques, et des contes pleins de magie qui paraissent réunis sous le titre de Tales of the Grotesque and the Arabesque, *— titre remarquable et intentionnel, car les ornements grotesques et arabesques repoussent la figure humaine, et l'on verra qu'à beaucoup d'égards la littérature de Poe est extra ou suprahumaine. Nous apprendrons par des notes blessantes et scandaleuses insérées dans les journaux que M. Poe et sa femme se trouvent dangereusement malades à Fordham et dans une absolue misère. Peu de temps après la mort de Mme Poe, le poète subit les premières attaques du* delirium tremens. *Une note nouvelle paraît soudainement dans un journal, — celle-là, plus que cruelle, — qui accuse son mépris et son dégoût du monde, et lui fait un de ces procès de tendance, véritables réquisitoires de l'opinion, contre lesquels il eut toujours à se défendre, — une des luttes les plus stérilement fatigantes que je connaisse.*

Sans doute il gagnait de l'argent, et ses travaux littéraires pouvaient à peu près le faire vivre. Mais j'ai les preuves qu'il avait sans cesse de dégoûtantes difficultés à surmonter. Il rêva, comme tant d'autres écrivains, une Revue *à lui, il voulut être* chez lui, *et le fait est qu'il avait suffisamment souffert pour désirer ardemment cet abri définitif pour sa pensée. Pour arriver à ce résultat, pour se procurer une somme d'argent suffisante, il eut recours aux* lectures. *On sait ce que sont ces lectures, — une espèce de spéculation, le Collège de France mis à la disposition de tous* les littérateurs, l'auteur ne publiant sa lecture qu'après qu'il en a tiré toutes les recettes qu'elle peut rendre. Poe avait déjà donné à New York une lecture d'Eureka, son poème cosmogonique, qui avait même soulevé de grosses discussions. Il imagina cette fois de donner des lectures dans son pays, dans la Virginie. Il comptait, comme il l'écrivit à Willis, faire une tournée dans l'Ouest et le Sud, et il espérait le concours de ses amis littéraires et de ses anciennes connaissances de collège et de West Point. Il visita donc les principales villes de la Virginie, et Richmond revit celui qu'on y avait connu si jeune, si pauvre, si délabré. Tous ceux qui n'avaient pas vu Poe depuis les jours de son obscurité accoururent en foule pour contempler leur illustre compatriote. Il apparut, beau, élégant, correct comme le génie. Je crois même que depuis quelque temps il avait poussé la condescendance jusqu'à se faire admettre dans une société de tempérance. Il choisit un thème aussi large qu'élevé : Le Principe de la Poésie, et il le développa avec cette lucidité qui est un de ses privilèges. Il croyait, en vrai poète qu'il était, que le but de la poésie est de même nature que son principe, et qu'elle ne doit pas avoir en vue autre chose qu'elle-même.

Le bel accueil qu'on lui fit inonda son pauvre cœur d'orgueil et de joie ; il se montrait tellement enchanté qu'il parlait de s'établir définitivement à Richmond et de finir sa vie dans les lieux que son enfance lui avait rendus chers. Cependant il *avait affaire à New York, et il partit, le 4 octobre, se plaignant de frissons et de faiblesses. Se sentant toujours assez mal en arrivant à Baltimore, le 6, au soir, il fit porter ses bagages à l'embarcadère d'où il devait se diriger sur Philadelphie, et entra dans une taverne pour y prendre un excitant quelconque. Là, malheureusement, il rencontra de vieilles connaissances et s'attarda. Le lendemain matin, dans les pâles ténèbres du petit jour, un cadavre fut trouvé sur la voie, — est-ce ainsi qu'il faut dire ? — non, un corps vivant encore, mais que la Mort avait déjà marqué de sa royale estampille. Sur ce corps, dont on ignorait le nom, on ne trouva ni papiers ni argent, et on le porta dans un hôpital. C'est là que Poe mourut, le soir même du dimanche, 7 octobre 1849, à l'âge de 37 ans, vaincu par le* delirium tremens, *ce terrible visiteur qui avait déjà hanté son cerveau une ou deux fois. Ainsi disparut de ce monde un des plus grands héros littéraires, l'homme de génie qui avait écrit dans* Le Chat noir *ces mots fatidiques :* Quelle maladie est comparable à l'Alcool !

Cette mort est presque un suicide, — un suicide préparé depuis longtemps. Du moins, elle en causa le scandale. La clameur fut grande, et la vertu *donna carrière à son* cant *emphatique, librement et voluptueusement. Les oraisons funèbres les plus indulgentes ne purent pas ne pas donner place à l'inévitable morale bourgeoise qui n'eut garde de manquer une si admirable occasion. M. Griswold diffama ; M. Willis, sincèrement affligé, fut mieux que convenable. — Hélas ! celui qui avait franchi les hauteurs les plus ardues de l'esthétique et plongé dans les abîmes les moins explorés de l'intellect humain, celui qui, à travers une vie qui ressemble à une tempête sans accalmie, avait trouvé des moyens nouveaux, des procédés inconnus pour étonner l'imagination, pour séduire les esprits assoiffés de Beau, venait de mourir en quelques heures dans un lit d'hôpital, — quelle destinée ! Et tant de grandeur et tant de malheur, pour soulever un tourbillon de phraséologie bourgeoise, pour devenir la pâture et le thème des journalistes vertueux !*

Ut declamatio fias !

Ces spectacles ne sont pas nouveaux ; il est rare qu'une sépulture fraîche et illustre ne soit pas un rendez-vous de scandales. D'ailleurs, la Société n'aime pas ces enragés malheureux, et, soit qu'ils troublent ses fêtes, soit qu'elle les considère naïvement comme des remords, elle a incontestablement raison. Qui ne se rappelle les déclamations parisiennes lors de la mort de Balzac, qui cependant mourut correctement ? — Et plus récemment encore, — il y a aujourd'hui, 26 janvier, juste un an, — quand un écrivain d'une honnêteté admirable, d'une haute intelligence, et qui fut toujours lucide, *alla discrètement, sans déranger personne, — si discrètement que sa discrétion ressemblait à du mépris, — délier son âme dans la rue la plus noire qu'il pût trouver, — quelles dégoûtantes homélies ! — quel assassinat raffiné ! Un journaliste célèbre, à qui Jésus n'enseignera jamais les manières généreuses, trouva l'aventure assez joviale pour la célébrer en un gros calembour. — Parmi l'énumération nombreuse des* droits de l'homme *que la sagesse du* XIXe *siècle recommence si souvent et si complaisamment, deux assez importants ont été oubliés, qui sont le droit de se contredire et le droit de* s'en aller. *Mais la* Société *regarde celui qui s'en va comme un insolent ; elle châtierait volontiers certaines dépouilles funèbres, comme ce malheureux soldat, atteint de vampirisme, que la vue d'un cadavre exaspérait jusqu'à la fureur. — Et cependant, on peut dire que, sous la pression de certaines circonstances, après un sérieux examen de certaines incompatibilités, avec de fermes croyances à de certains dogmes et métempsycoses, — on peut dire, sans emphase et sans jeu de mots, que le suicide est parfois l'action la plus raisonnable de la vie. — Et ainsi se forme une compagnie de fantômes déjà nombreuse, qui nous hante familièrement, et dont chaque membre vient nous vanter son repos actuel et nous verser ses persuasions.*

*Avouons toutefois que la lugubre fin de l'auteur d'*Eureka *suscita quelques consolantes exceptions, sans quoi il faudrait désespérer, et la place ne serait plus tenable. M. Willis, comme je l'ai dit, parla honnêtement, et même avec émotion, des bons rapports qu'il avait toujours eus avec Poe.*

MM. John Neal et George Graham rappelèrent M. Griswold à la pudeur. M. Longfellow, — et celui-ci est d'autant plus méritant que Poe l'avait cruellement maltraité, — sut louer d'une manière digne d'un poète sa haute puissance comme poète et comme prosateur. Un inconnu écrivit que l'Amérique littéraire avait perdu sa plus forte tête.

Mais le cœur brisé, le cœur déchiré, le cœur percé des sept glaives fut celui de Mme Clemm. Edgar était à la fois son fils et sa fille. Rude destinée, dit Willis, à qui j'emprunte ces détails, presque mot pour mot, rude destinée que celle qu'elle surveillait et protégeait. Car Edgar Poe était un homme embarrassant ; outre qu'il écrivait avec une fastidieuse difficulté et dans un style trop au-dessus du niveau intellectuel commun pour qu'on pût le payer cher, *il était toujours plongé dans des embarras d'argent, et souvent lui et sa femme malade manquaient des choses les plus nécessaires à la vie. Un jour Willis vit entrer dans son bureau une femme, vieille, douce, grave. C'était Mme Clemm. Elle* cherchait de l'ouvrage *pour son cher Edgar. Le biographe dit qu'il fut singulièrement frappé, non pas seulement de l'éloge parfait, de l'appréciation exacte qu'elle faisait des talents de son fils, mais aussi de tout son être extérieur, — de sa voix douce et triste, de ses manières un peu surannées, mais belles et grandes. Et pendant plusieurs années, ajoute-t-il, nous avons vu cet infatigable serviteur du génie, pauvrement et insuffisamment vêtu, allant de* *journal en journal pour vendre tantôt un poème, tantôt un article, disant quelquefois qu'*il *était malade, — unique explication, unique raison, invariable excuse qu'elle donnait quand son fils se trouvait frappé momentanément d'une de ces stérilités que connaissent les écrivains nerveux, — et ne permettant jamais à ses lèvres de lâcher une syllabe qui pût être interprétée comme un doute, comme un amoindrissement de confiance dans le génie et la volonté de son bien-aimé. Quand sa fille mourut, elle s'attacha au survivant de la désastreuse bataille avec une ardeur maternelle renforcée, elle vécut avec lui, prit soin de lui, le surveillant, le défendant contre la vie et contre lui-même. Certes, — conclut Willis avec une haute et impartiale raison, — si le dévouement de la femme, né avec un premier amour et entretenu par la passion humaine, glorifie et consacre son objet, que ne dit pas en faveur de celui qui l'inspira un dévouement comme celui-ci, pur, désintéressé et saint comme une sentinelle divine ? Les détracteurs de Poe auraient dû en effet remarquer qu'il est des séductions si puissantes qu'elles ne peuvent être que des vertus.*

On devine combien terrible fut la nouvelle pour la malheureuse femme. Elle écrivit à Willis une lettre dont voici quelques lignes :

« J'ai appris ce matin la mort de mon bien-aimé Eddie... Pouvez-vous me transmettre quelques détails, quelques circonstances ?... Oh ! n'abandonnez pas votre pauvre amie dans cette amère

affliction... Dites à M... de venir me voir ; j'ai à m'acquitter envers lui d'une commission de la part de mon pauvre Eddie... Je n'ai pas besoin de vous prier d'annoncer sa mort, et de parler bien de lui. Je sais que vous le ferez. Mais dites bien quel fils affectueux il était pour moi, *sa pauvre mère désolée...* »

Cette femme m'apparaît grande et plus qu'antique. Frappée d'un coup irréparable, elle ne pense qu'à la réputation de celui qui était tout pour elle, et il ne suffit pas, pour la contenter, qu'on dise qu'il était un génie, il faut qu'on sache qu'il était un homme de devoir et d'affection. Il est évident que cette mère, — flambeau et foyer allumé par un rayon du plus haut ciel, — a été donnée en exemple à nos races trop peu soigneuses du dévouement, de l'héroïsme, et de tout ce qui est plus que le devoir. N'était-ce pas justice d'inscrire au-dessus des ouvrages du poète le nom de celle qui fut le soleil moral de sa vie ? Il embaumera dans sa gloire le nom de la femme qui pansait ses blessures avec sa tendresse, et dont l'image voltigera incessamment au-dessus du martyrologe de la littérature.

III

La vie de Poe, ses mœurs, ses manières, son être physique, tout ce qui constitue l'ensemble de son personnage, nous apparaissent comme quelque chose de ténébreux et de brillant à la fois. Sa personne était singulière, séduisante et, comme ses ouvrages, marquée d'un indéfinissable cachet de mélancolie. Du reste, il était remarquablement bien doué de toute façon. Jeune, il avait montré une rare aptitude pour tous les exercices physiques, et bien qu'il fût petit, avec des pieds et des mains de femme, tout son être portant d'ailleurs ce caractère de délicatesse féminine, il était plus que robuste et capable de merveilleux traits de force. Il a, dans sa jeunesse, gagné un pari de nageur qui dépasse la mesure ordinaire du possible. On dirait que la Nature fait à ceux dont elle veut tirer de grandes choses un tempérament énergique, comme elle donne une puissante vitalité aux arbres qui sont chargés de symboliser le deuil et la douleur. Ces hommes-là, avec des apparences quelquefois chétives, sont taillés en athlètes, bons pour l'orgie et pour le travail, prompts aux excès et capables d'étonnantes sobriétés.

Il est quelques points relatifs à Edgar Poe, sur lesquels il y a accord unanime, par exemple sa haute distinction naturelle, son éloquence et sa beauté, dont, à ce qu'on dit, il tirait un peu vanité. Ses manières, mélange singulier de hauteur avec une douceur exquise, étaient pleines de certitude. Physionomie, démarche, gestes, airs de tête, tout le désignait, surtout dans ses bons jours, comme une créature d'élection. Tout son être respirait une solennité pénétrante. Il était réellement marqué par la nature, comme ces figures de passants qui tirent l'œil de l'observateur et préoccupent sa mémoire. Le pédant et aigre Griswold lui-même avoue que, lorsqu'il alla rendre visite à Poe, et qu'il le trouva pâle et malade encore de la mort et de la maladie de sa femme, il fut frappé outre mesure, non seulement de la perfection de ses manières, mais encore de la physionomie aristocratique, de l'atmosphère parfumée de son appartement, d'ailleurs assez modestement meublé. Griswold ignore que le poète a plus que tous les hommes ce merveilleux privilège attribué à la femme parisienne et à l'espagnole, de savoir se parer avec un rien, et que Poe, amoureux du beau en toutes choses, aurait trouvé l'art de transformer une chaumière en un palais d'une espèce nouvelle. N'a-t-il pas écrit, avec l'esprit le plus original et le plus curieux, des projets de mobiliers, des plans de maisons de campagne, de jardins et de réformes de paysages ?

Il existe une lettre charmante de Mme Frances Osgood, qui fut une des amies de Poe, et qui nous donne sur ses mœurs, sur sa personne et sur sa vie de ménage, les plus curieux détails. Cette femme, qui était elle-même un littérateur distingué, nie courageusement tous les vices et toutes les fautes reprochés au poète. « Avec les hommes, — dit-elle à Griswold, — peut-être était-il tel que vous le dépeignez, et comme homme vous pouvez avoir raison. Mais je pose en fait qu'avec les femmes il était tout autre, et que jamais femme n'a pu connaître M. Poe sans éprouver pour lui un profond intérêt. Il ne m'a jamais apparu que comme un modèle d'élégance, de distinction et de générosité…

» La première fois que nous nous vîmes, ce fut à Astor-House. *Willis m'avait fait passer à table d'hôte* Le Corbeau, *sur lequel l'auteur, me dit-il, désirait connaître mon opinion. La musique mystérieuse et surnaturelle de ce poème étrange me pénétra si intimement que, lorsque j'appris que Poe désirait m'être présenté, j'éprouvai un sentiment singulier et qui ressemblait à de l'effroi. Il parut avec sa belle et orgueilleuse tête, ses yeux sombres qui dardaient une lumière d'élection, une lumière de sentiment et de pensée, avec ses manières qui étaient un mélange intraduisible de hauteur et de suavité, — il me salua, calme, grave, presque froid ; mais sous cette froideur vibrait une sympathie si marquée que je ne pus m'empêcher d'en être profondément impressionnée. À partir de ce moment jusqu'à sa mort, nous fûmes amis… et je sais que dans ses dernières paroles, j'ai eu ma part de souvenir, et qu'il m'a donné, avant que sa raison ne fût culbutée de son trône de souveraine, une preuve suprême de sa fidélité en amitié.*

» C'était surtout dans son intérieur, à la fois simple et poétique, que le caractère d'Edgar Poe apparaissait pour moi dans sa plus belle lumière. Folâtre, affectueux, spirituel, tantôt docile et tantôt méchant comme un enfant gâté, il avait toujours, pour sa jeune, douce, et adorée femme et pour tous ceux qui venaient, même au milieu de

ses plus fatigantes besognes littéraires, un mot aimable, un sourire bienveillant, des attentions gracieuses et courtoises. Il passait d'interminables heures à son pupitre, sous le portrait de sa Lenore, *l'aimée et la morte, toujours assidu, toujours résigné et fixant avec son admirable écriture les brillantes fantaisies qui traversaient son étonnant cerveau incessamment en éveil. — Je me rappelle l'avoir vu un matin plus joyeux et plus allègre que de coutume. Virginia, sa douce femme, m'avait priée d'aller les voir et il m'était impossible de résister à ses sollicitations... Je le trouvai travaillant à la série d'articles qu'il a publiés sous le titre :* The Literati of New York. *Voyez, — me dit-il, en déployant avec un rire de triomphe plusieurs petits rouleaux de papier (il écrivait sur des bandes étroites, sans doute pour conformer sa copie à la* justification *des journaux), — je vais vous montrer par la différence des longueurs les divers degrés d'estime que j'ai pour chaque membre de votre gent littéraire. Dans chacun de ces papiers, l'un de vous est peloté et proprement discuté. — Venez ici, Virginia, et aidez-moi ! — Et ils les déroulèrent tous un à un. À la fin, il y en avait un qui semblait interminable. Virginia, tout en riant, reculait jusqu'à un coin de la chambre le tenant par un bout, et son mari vers un autre coin avec l'autre bout. — Et quel est l'heureux, — dis-je, — que vous avez jugé digne de cette incommensurable douceur ? — L'entendez-vous ! — s'écria-t-il, — comme si son vaniteux petit cœur ne lui avait pas déjà dit que c'est elle-même !*

» Quand je fus obligée de voyager pour ma santé, j'entretins une correspondance régulière avec Poe, obéissant en cela aux vives sollicitations de sa femme, qui croyait que je pouvais obtenir sur lui une influence et un ascendant salutaires... Quant à l'amour et à la confiance qui existaient entre sa femme et lui, et qui étaient pour moi un spectacle délicieux, je n'en saurais parler avec trop de conviction, avec trop de chaleur. Je néglige quelques petits épisodes poétiques dans lesquels le jeta son tempérament romanesque. Je pense qu'elle était la seule femme qu'il ait toujours véritablement aimée... »

Dans les Nouvelles de Poe, il n'y a jamais d'amour. Du moins Ligeia, Eleonora, *ne sont pas, à proprement parler, des histoires d'amour, l'idée principale sur laquelle pivote l'œuvre étant tout autre. Peut-être croyait-il que la prose n'est pas une langue à la hauteur de ce bizarre et presque intraduisible sentiment ; car ses poésies, en revanche, en sont fortement saturées. La divine passion y apparaît magnifique, étoilée, et toujours voilée d'une irrémédiable mélancolie. Dans ses articles, il parle quelquefois de l'amour, et même comme d'une chose dont le nom fait frémir la plume. Dans* The Domain of Arnheim, *il affirmera que les quatre conditions élémentaires du bonheur sont : la vie en plein air, l'*amour d'une femme, *le détachement de toute ambition et la création* d'un Beau nouveau. — Ce qui corrobore l'idée de Mme Frances Osgood relativement au respect chevaleresque de Poe pour les femmes, c'est que, malgré son prodigieux talent pour le grotesque et l'horrible, il n'y a pas dans tout son œuvre un seul passage qui ait trait à la lubricité ou même aux jouissances sensuelles. Ses portraits de femmes sont, pour ainsi dire, auréolés ; ils brillent au sein d'une vapeur surnaturelle et sont peints à la manière emphatique d'un adorateur. — Quant aux *petits épisodes romanesques*, y a-t-il lieu de s'étonner qu'un être aussi nerveux, dont la soif du Beau était peut-être le trait principal, ait parfois, avec une ardeur passionnée, cultivé la galanterie, cette fleur volcanique et musquée pour qui le cerveau bouillonnant des poètes est un terrain de prédilection ?

De sa beauté personnelle singulière dont parlent plusieurs biographes, l'esprit peut, je crois, se faire une idée approximative en appelant à son secours toutes les notions vagues, mais cependant caractéristiques, contenues dans le mot : romantique, mot qui sert généralement à rendre les genres de beauté consistant surtout dans l'expression. Poe avait un front vaste, dominateur, où certaines protubérances trahissaient les facultés débordantes qu'elles sont chargées de représenter, — construction, comparaison, causalité, — et où trônait dans un orgueil calme le sens de l'idéalité, le sens esthétique par excellence. Cependant, malgré ces dons, ou même à cause de ces privi-

lèges exorbitants, cette tête, vue de profil, n'offrait peut-être pas un aspect agréable. Comme dans toutes les choses excessives par un sens, un déficit pouvait résulter de l'abondance, une pauvreté de l'usurpation. Il avait de grands yeux à la fois sombres et pleins de lumière, d'une couleur indécise et ténébreuse, poussée au violet, le nez noble et solide, la bouche fine et triste, quoique légèrement souriante, le teint brun clair, la face généralement pâle, la physionomie un peu distraite et imperceptiblement grimée par une mélancolie habituelle.

Sa conversation était des plus remarquables et essentiellement nourrissante. Il n'était pas ce qu'on appelle un beau parleur, — une chose horrible, — et d'ailleurs sa parole comme sa plume avait horreur du convenu ; mais un vaste savoir, une linguistique puissante, de fortes études, des impressions ramassées dans plusieurs pays faisaient de cette parole un enseignement. Son éloquence, essentiellement poétique, pleine de méthode, et se mouvant toutefois hors de toute méthode connue, un arsenal d'images tirées d'un monde peu fréquenté par la foule des esprits, un art prodigieux à déduire d'une proposition évidente et absolument acceptable des aperçus secrets et nouveaux, à ouvrir d'étonnantes perspectives, et, en un mot, l'art de ravir, de faire penser, de faire rêver, d'arracher les âmes des bourbes de la routine, telles étaient les éblouissantes facultés dont beaucoup de gens ont gardé le souvenir. Mais il arrivait parfois, — on le dit du moins, — que le poète, se complaisant dans un caprice destructeur, rappelait brusquement ses amis à la terre par un cynisme affligeant et démolissait brutalement son œuvre de spiritualité. C'est d'ailleurs une chose à noter, qu'il était fort peu difficile dans le choix de ses auditeurs, et je crois que le lecteur trouvera sans peine dans l'histoire d'autres intelligences grandes et originales, pour qui toute compagnie était bonne. Certains esprits, solitaires au milieu de la foule, et qui se repaissent dans le monologue, n'ont que faire de la délicatesse en matière de public. C'est, en somme, une espèce de fraternité basée sur le mépris.

De cette ivrognerie, — célébrée et reprochée avec une insistance qui pourrait donner à croire que tous les écrivains des États-Unis, excepté Poe, sont des anges de sobriété, — il faut cependant en parler. Plusieurs versions sont plausibles, et aucune n'exclut les autres. Avant tout, je suis obligé de remarquer que Willis et Mme Osgood affirment qu'une quantité fort minime de vin ou de liqueur suffisait pour perturber complètement son organisation. Il est d'ailleurs facile de supposer qu'un homme aussi réellement solitaire, aussi profondément malheureux, et qui a pu souvent envisager tout le système social comme un paradoxe et une imposture, un homme qui, harcelé par une destinée sans pitié, répétait souvent que la société n'est qu'une cohue de misérables (c'est Griswold qui rapporte cela, aussi scanda-

lisé qu'un homme qui peut penser la même chose, mais qui ne la dira jamais), — il est naturel, dis-je, de supposer que ce poète jeté tout enfant dans les hasards de la vie libre, le cerveau cerclé par un travail âpre et continu, ait cherché parfois une volupté d'oubli dans les bouteilles. Rancunes littéraires, vertiges de l'infini, douleurs de ménage, insultes de la misère, Poe fuyait tout dans le noir de l'ivresse comme dans une tombe préparatoire. Mais quelque bonne que paraisse cette explication, je ne la trouve pas suffisamment large, et je m'en défie à cause de sa déplorable simplicité.

J'apprends qu'il ne buvait pas en gourmand, mais en barbare, avec une activité et une économie de temps tout à fait américaines, comme accomplissant une fonction homicide, comme ayant en lui quelque chose *à tuer,* a worm that would not die. *On raconte d'ailleurs qu'un jour, au moment de se remarier (les bans étaient publiés, et, comme on le félicitait sur une union qui mettait dans ses mains les plus hautes conditions de bonheur et de bien-être, il avait dit : — Il est possible que vous ayez vu des bans, mais notez bien ceci : je ne me marierai pas), il alla, épouvantablement ivre, scandaliser le voisinage de celle qui devait être sa femme, ayant ainsi recours à son vice pour se débarrasser d'un parjure envers la pauvre morte dont l'image vivait toujours en lui et qu'il avait admirablement chantée dans son* Annabel Lee. *Je considère donc, dans un grand nombre de cas, le fait infiniment précieux de préméditation comme acquis et constaté.*

Je lis d'autre part dans un long article du Southern Literary Messenger *—, cette même revue dont il avait commencé la fortune, — que jamais la pureté, le fini de son style, jamais la netteté de sa pensée, jamais son ardeur au travail ne furent altérés par cette terrible habitude ; que la confection de la plupart de ses excellents morceaux a précédé ou suivi une de ses crises ; qu'après la publication d'*Eureka *il sacrifia déplorablement à son penchant, et qu'à New York, le matin même où paraissait* Le Corbeau, *pendant que le nom du poète était dans toutes les bouches, il traversait Broadway en trébuchant outrageusement. Remarquez que les mots :* précédé ou suivi, *impliquent que l'ivresse pouvait servir d'excitant aussi bien que de repos.*

Or, il est incontestable que — semblables à ces impressions fugitives et frappantes, d'autant plus frappantes dans leurs retours qu'elles sont plus fugitives, qui suivent quelquefois un symptôme extérieur, une espèce d'avertissement comme un son de cloche, une note musicale, ou un parfum oublié, et qui sont elles-mêmes suivies d'un événement semblable à un événement déjà connu et qui occupait la même place dans une chaîne antérieurement révélée, — semblables à ces singuliers rêves périodiques qui fréquentent nos sommeils, — il existe dans l'ivresse non seulement des enchaînements de rêves, mais des séries de raisonnements, qui ont besoin, pour se reproduire, du milieu qui leur a donné naissance. Si le lecteur m'a suivi sans répugnance, il a déjà deviné ma conclusion : je crois que dans beaucoup de cas, non pas certainement dans tous, l'ivrognerie de Poe était un moyen mnémonique, une méthode de travail, méthode énergique et mortelle, mais appropriée à sa nature passionnée. Le poète avait appris à boire, comme un littérateur soigneux s'exerce à faire des cahiers de notes. Il ne pouvait résister au désir de retrouver les visions merveilleuses ou effrayantes, les conceptions subtiles qu'il avait rencontrées dans une tempête précédente ; c'étaient de vieilles connaissances qui l'attiraient impérativement, et, pour renouer avec elles, il prenait le chemin le plus dangereux, mais le plus direct. Une partie de ce qui fait aujourd'hui notre jouissance est ce qui l'a tué.

IV

Des ouvrages de ce singulier génie j'ai peu de chose à dire ; le public fera voir ce qu'il en pense. Il me serait difficile, peut-être, mais non pas impossible de débrouiller sa méthode, d'expliquer son procédé, surtout dans la partie de ses œuvres dont le principal effet gît dans une analyse bien ménagée. Je pourrais introduire le lecteur dans les mystères de sa fabrication, m'étendre longuement sur cette portion de génie américain qui le fait se réjouir d'une difficulté vaincue, d'une énigme expliquée, d'un tour de force réussi, — qui le pousse à se jouer avec une volupté enfantine et presque perverse dans le monde des probabilités et des conjectures, et à créer des canards *auxquels son art subtil a donné une vie vraisemblable. Personne ne niera que Poe ne soit un jongleur merveilleux, et je sais qu'il donnait surtout son estime à une autre partie de ses œuvres. J'ai quelques remarques plus importantes à faire, d'ailleurs très brèves.*

*Ce n'est pas par ces miracles matériels, qui pourtant ont fait sa renommée, qu'il lui sera donné de conquérir l'admiration des gens qui pensent, c'est par son amour du beau, par sa connaissance des conditions harmoniques de la beauté, par sa poésie profonde et plaintive, ouvragée néanmoins, transparente et correcte comme un bijou de cristal, — par son admirable style, pur et bizarre, — serré comme les mailles d'une armure, — complaisant et minutieux, — et dont la plus légère intention sert à pousser doucement le lecteur vers un but voulu, — et enfin surtout par ce génie tout spécial, par ce tempérament unique qui lui a permis de peindre et d'expliquer, d'une manière impeccable, saisissante, terrible, l'*exception dans l'ordre moral. *— Diderot, pour prendre un exemple entre cent, est un auteur sanguin ; Poe est l'écrivain des nerfs, et même de quelque chose de plus, — et le meilleur que je connaisse.*

Chez lui, toute entrée en matière est attirante sans violence, comme un tourbillon. Sa solennité surprend et tient l'esprit en éveil. On sent tout d'abord qu'il s'agit de quelque chose de grave. Et lentement, peu à peu, se déroule une histoire dont tout l'intérêt repose sur une imperceptible déviation de l'intellect, sur une hypothèse audacieuse, sur un dosage imprudent de la Nature dans l'amalgame des facultés. Le lecteur, lié par le vertige, est contraint de suivre l'auteur dans ses entraînantes déductions.

Aucun homme, je le répète, n'a raconté avec plus de magie les exceptions *de la vie humaine et de la nature ; — les ardeurs de curiosité de la convalescence ; — les fins de saisons chargées de splendeurs énervantes, les temps chauds, humides et brumeux, où le vent du sud amollit et détend les nerfs comme les cordes d'un instrument, où les yeux se remplissent de larmes qui ne viennent pas du cœur ; — l'hallucination, laissant d'abord place au doute, bientôt convaincue et raisonneuse comme un livre ; — l'absurde s'installant dans l'intelligence et la gouvernant avec une épouvantable logique ; — l'hystérie usurpant la place de la volonté, la contradiction établie entre les nerfs et l'esprit, et l'homme désaccordé au point d'exprimer la douleur par le rire. Il analyse ce qu'il a de plus fugitif, il soupèse l'impondérable et décrit, avec cette manière minutieuse et scientifique dont les effets sont terribles, tout cet imaginaire qui flotte autour de l'homme nerveux et le conduit à mal.*

L'ardeur même avec laquelle il se jette dans le grotesque pour l'amour du grotesque et dans l'horrible pour l'amour de l'horrible me sert à vérifier la sincérité de son œuvre, et l'accord de l'homme avec le poète. — J'ai déjà remarqué que chez plusieurs hommes cette ardeur était souvent le résultat d'une vaste énergie vitale inoccupée, quelquefois d'une opiniâtre chasteté, et aussi d'une profonde sensibilité refoulée. La volupté surnaturelle que l'homme peut éprouver à voir couler son propre sang, les mouvements soudains, violents, inutiles, les grands cris jetés en l'air, sans que l'esprit ait commandé au gosier, sont des phénomènes à ranger dans le même ordre.

Au sein de cette littérature où l'air est raréfié, l'esprit peut éprouver cette vague angoisse, cette peur prompte aux larmes et ce malaise du cœur qui habitent les lieux immenses et singuliers. Mais l'admiration est la plus forte, et d'ailleurs l'art est si grand ! Les fonds et les accessoires y sont appropriés aux sentiments des personnages. Solitude de la nature ou agitation des villes, tout y est décrit nerveusement, et fantastiquement. Comme notre Eugène Delacroix, qui a élevé son art à la hauteur de la grande poésie, Edgar Poe aime à agiter ses figures sur les fonds violâtres et verdâtres où se révèlent la phosphorescence de la pourriture et la senteur de l'orage. La Nature dite inanimée participe de la nature des êtres vivants, et, comme eux, frissonne d'un frisson surnaturel et galvanique. L'espace est approfondi par l'opium ; l'opium y donne un sens magique à toutes les teintes, et fait vibrer tous les bruits avec une plus significative sonorité. Quelquefois des échappées magnifiques, gorgées de lumière et de couleur, s'ouvrent soudainement dans ses paysages, et l'on voit apparaître au fond de leurs horizons des villes orientales et des architectures, vaporisées par la distance, où le soleil jette des pluies d'or.

Les personnages de Poe, ou plutôt le personnage de Poe, l'homme aux facultés suraiguës, l'homme aux nerfs relâchés, l'homme dont la volonté ardente et patiente jette un défi aux difficultés, celui dont le regard est tendu avec la roideur d'une épée sur des objets qui grandissent à mesure qu'il les regarde, — c'est Poe lui-même. — Et ses femmes, toutes lumineuses et malades, mourant de maux bizarres, et parlant avec une voix qui ressemble à une musique, c'est encore lui ; ou du moins, par leurs aspirations étranges, par leur savoir, par leur mélancolie inguérissable, elles participent fortement de la nature de leur créateur. Quant à sa femme idéale, à sa Titanide, elle se révèle sous différents portraits éparpillés dans ses poésies trop peu nombreuses, portraits, ou plutôt manières de sentir la beauté, que le tempérament de l'auteur rapproche et confond dans une unité vague mais sensible, et où vit plus délicatement peut-être qu'ailleurs cet amour insatiable du Beau, qui est son grand titre, c'est-à-dire le résumé de ses titres à l'affection et au respect des poètes.

Nous rassemblons sous le titre : Histoires extraordinaires, *divers contes choisis dans l'œuvre* *générale de Poe*. Cette œuvre se compose d'un nombre considérable de Nouvelles, d'une quantité non moins forte d'articles critiques et d'articles divers, d'un poème philosophique (*Eureka*), de poésies, et d'un roman purement humain (*Le Récit d'Arthur Gordon Pym*). Si je trouve encore, comme je l'espère, l'occasion de parler de ce poète, je donnerai l'analyse de ses opinions philosophiques et littéraires, ainsi que généralement des œuvres dont la traduction complète aurait peu de chances de succès auprès d'un public qui préfère de beaucoup l'amusement et l'émotion à la plus importante vérité philosophique.*

CHARLES BAUDELAIRE

* Voir le Folio classique n° 4081.

LE SCARABÉE D'OR

Oh ! oh ! qu'est-ce que cela ? Ce garçon a une folie dans les jambes ! Il a été mordu par la tarentule[1].

(Tout de travers.)

Il y a quelques années, je me liai intimement avec un monsieur William Legrand[2]. Il était d'une ancienne famille protestante, et jadis il avait été riche ; mais une série de malheurs l'avait réduit à la misère. Pour éviter l'humiliation de ses désastres, il quitta La Nouvelle-Orléans, la ville de ses aïeux, et établit sa demeure dans l'île de Sullivan, près Charleston, dans la Caroline du Sud[3].

Cette île est des plus singulières. Elle n'est guère composée que de sable de mer et a environ trois milles de long. En largeur, elle n'a jamais plus d'un quart de mille. Elle est séparée du continent par une crique à peine visible, qui filtre à travers une masse de roseaux et de vase, rendez-vous habituel des poules d'eau. La végétation, comme on peut le supposer, est pauvre, ou, pour ainsi dire, naine. On n'y trouve pas d'arbres d'une certaine dimension. Vers l'extrémité occidentale, à l'endroit où s'élèvent le fort Moultrie et quelques misérables bâtisses de bois habitées pendant l'été par les gens qui fuient les poussières et les fièvres de Charleston, on rencontre, il est vrai, le palmier nain sétigère ; mais toute l'île, à l'exception de ce point occidental et d'un espace triste et blanchâtre qui borde la mer, est couverte d'épaisses broussailles de myrte odoriférant, si estimé par les horticulteurs anglais. L'arbuste y monte souvent à une hauteur de quinze ou vingt pieds ; il y forme un taillis presque impénétrable et charge l'atmosphère de ses parfums.

Au plus profond de ce taillis, non loin de l'extrémité orientale de l'île, c'est-à-dire de la plus éloignée, Legrand s'était bâti lui-même une petite hutte, qu'il occupait quand, pour la première fois et par hasard, je fis sa connaissance. Cette connaissance mûrit bien vite en amitié, — car il y avait, certes, dans le cher reclus de quoi exciter l'intérêt et l'estime. Je vis qu'il avait reçu une forte éducation, heureusement servie par des facultés spirituelles peu communes, mais qu'il était infecté de misanthropie et sujet à de malheureuses alternatives d'enthousiasme et de mélancolie. Bien qu'il eût chez lui beaucoup de livres, il s'en servait rarement. Ses principaux amusements consistaient à chasser et à pêcher, ou à flâner sur la plage et à travers les myrtes, en quête de coquillages et d'échantillons entomologiques ; — sa collection aurait pu faire envie à un Swammerdam[1]. Dans ces excursions, il était ordinairement accompagné par un vieux nègre nommé Jupiter, qui avait été affranchi avant les revers de la famille, mais qu'on n'avait pu décider, ni par menaces ni par promesses, à abandonner son jeune *massa Will* ; il considérait comme son droit de le suivre partout. Il n'est pas improbable que les parents de Legrand, jugeant que celui-ci avait la tête un peu dérangée, se soient appliqués à confirmer Jupiter dans son obstination, dans le but de mettre une espèce de gardien et de surveillant auprès du fugitif.

Sous la latitude de l'île de Sullivan, les hivers sont rarement rigoureux, et c'est un événement quand, au déclin de l'année, le feu devient indispensable. Cependant, vers le milieu d'octobre 18..., il y eut une journée d'un froid remarquable. Juste avant le coucher du soleil, je me frayais un chemin à travers les taillis vers la hutte de mon ami, que je n'avais pas vu depuis quelques semaines ; je demeurais alors à Charleston, à une distance de neuf milles de l'île, et les facilités pour aller et revenir étaient bien moins grandes qu'aujourd'hui. En arrivant à la hutte, je frappai selon mon habitude, et, ne recevant pas de réponse, je cherchai la clef où je savais qu'elle était cachée, j'ouvris la porte et j'entrai. Un beau feu flambait dans le foyer.

C'était une surprise, et, à coup sûr, une des plus agréables. Je me débarrassai de mon paletot, je traînai un fauteuil auprès des bûches pétillantes, et j'attendis patiemment l'arrivée de mes hôtes.

Peu après la tombée de la nuit, ils arrivèrent et me firent un accueil tout à fait cordial. Jupiter, tout en riant d'une oreille à l'autre, se donnait du mouvement et préparait quelques poules d'eau pour le souper. Legrand était dans une de ses *crises* d'enthousiasme ; — car de quel autre nom appeler cela ? Il avait trouvé un bivalve inconnu, formant un genre nouveau, et, mieux encore, il avait chassé et attrapé, avec l'assistance de Jupiter, un scarabée[1] qu'il croyait tout à fait nouveau, et sur lequel il désirait avoir mon opinion le lendemain matin.

— Et pourquoi pas ce soir ? — demandai-je, en me frottant les mains devant la flamme, et envoyant mentalement au diable toute la race des scarabées.

— Ah ! si j'avais seulement su que vous étiez ici ! — dit Legrand ; — mais il y a si longtemps que je ne vous ai vu ! Et comment pouvais-je deviner que vous me rendriez visite justement cette nuit ? En revenant au logis, j'ai rencontré le lieutenant G...[2], du fort, et très étourdiment je lui ai prêté le scarabée ; de sorte qu'il vous sera impossible de le voir avant demain matin. Restez ici cette nuit, et j'enverrai Jupiter le chercher au lever du soleil. C'est bien la plus ravissante chose de la création !

— Quoi ? — le lever du soleil ?

— Eh non ! que diable ! — le scarabée. Il est d'une brillante couleur d'or, — gros à peu près comme une grosse noix, — avec deux taches d'un noir de jais à une extrémité du dos, et une troisième, un peu plus allongée, à l'autre. Les antennes[1] sont...

— Il n'y a pas du tout d'étain sur lui*, massa Will, je vous le parie, — interrompit Jupiter ; — le scarabée est un scarabée d'or, d'or massif, d'un bout à l'autre, dedans et partout, excepté les ailes ; — je n'ai jamais vu de ma vie un scarabée à moitié aussi lourd.

— C'est bien, mettons que vous ayez raison, Jup, — répliqua Legrand un peu plus vivement, à ce qu'il me sembla, que ne le comportait la situation, — est-ce une raison pour laisser brûler les poules ? La couleur de l'insecte, — et il se tourna vers moi, — suffirait en vérité à rendre plausible l'idée de Jupiter. Vous n'avez jamais vu un éclat métallique plus brillant que celui de ses élytres ; mais vous ne pourrez en juger que

* La prononciation du mot *antennae* fait commettre une méprise au nègre qui croit qu'il est question d'étain : *Dey aint no tin in him*. Calembour intraduisible. Le nègre parlera toujours dans une espèce de patois anglais, que le patois nègre français n'imiterait pas mieux que le bas-normand ou le breton ne traduirait l'irlandais. En se rappelant les orthographes figuratives de Balzac, on se fera une idée de ce que ce moyen un peu *physique* peut ajouter de pittoresque et de comique, mais j'ai dû renoncer à m'en servir, faute d'équivalent. *[Note de Baudelaire.]*

demain matin. En attendant, j'essaierai de vous donner une idée de sa forme.

Tout en parlant, il s'assit à une petite table sur laquelle il y avait une plume et de l'encre, mais pas de papier. Il chercha dans un tiroir, mais n'en trouva pas.

— N'importe, — dit-il à la fin, — cela suffira.

Et il tira de la poche de son gilet quelque chose qui me fit l'effet d'un morceau de vieux vélin fort sale, et il fit dessus une espèce de croquis à la plume. Pendant ce temps, j'avais gardé ma place auprès du feu, car j'avais toujours très froid. Quand son dessin fut achevé, il me le passa, sans se lever. Comme je le recevais de sa main, un fort grognement se fit entendre, suivi d'un grattement à la porte. Jupiter ouvrit, et un énorme terre-neuve, appartenant à Legrand, se précipita dans la chambre, sauta sur mes épaules et m'accabla de caresses ; car je m'étais fort occupé de lui dans mes visites précédentes. Quand il eut fini ses gambades, je regardai le papier, et, pour dire la vérité, je me trouvai passablement intrigué par le dessin de mon ami.

— Oui ! — dis-je, après l'avoir contemplé quelques minutes, — c'est là un étrange scarabée, je le confesse ; il est nouveau pour moi ; je n'ai jamais rien vu d'approchant, à moins que ce ne soit un crâne ou une tête de mort, à quoi il ressemble plus qu'aucune autre chose qu'il m'ait jamais été donné d'examiner.

— Une tête de mort ! — répéta Legrand.

— Ah ! oui, il y a un peu de cela sur le papier, je comprends. Les deux taches noires supérieures font les yeux, et la plus longue qui est plus bas figure une bouche, n'est-ce pas ? D'ailleurs la forme générale est ovale...

— C'est peut-être cela, — dis-je ; — mais je crains, Legrand, que vous ne soyez pas très artiste. J'attendrai que j'aie vu la bête elle-même, pour me faire une idée quelconque de sa physionomie.

— Fort bien ! je ne sais comment cela se fait, — dit-il, un peu piqué, — je dessine assez joliment, ou du moins je le devrais, — car j'ai eu de bons maîtres, et je me flatte de n'être pas tout à fait une brute.

— Mais alors, mon cher camarade, — dis-je, — vous plaisantez ; ceci est un crâne fort passable, je puis même dire que c'est un crâne parfait, d'après toutes les idées reçues relativement à cette partie de l'ostéologie, — et votre scarabée serait le plus étrange de tous les scarabées du monde, s'il ressemblait à ceci. Nous pourrions établir là-dessus quelque petite superstition saisissante. Je présume que vous nommerez votre insecte *scarabaeus caput hominis*[1], ou quelque chose d'approchant ; — il y a dans les livres d'histoire naturelle beaucoup d'appellations de ce genre. — Mais où sont les antennes dont vous parliez ?

— Les antennes ! — dit Legrand, qui s'échauffait inexplicablement ; — vous devez voir les antennes, j'en suis sûr. Je les ai faites aussi distinctes qu'elles le sont dans l'original, et je présume que cela est bien suffisant.

— À la bonne heure, — dis-je ; — mettons que vous les ayez faites, — toujours est-il vrai que je ne les vois pas.

Et je lui tendis le papier, sans ajouter aucune remarque, ne voulant pas le pousser à bout ; mais j'étais fort étonné de la tournure que l'affaire avait prise ; sa mauvaise humeur m'intriguait, — et, quant au croquis de l'insecte, il n'y avait positivement pas d'antennes visibles, et l'ensemble ressemblait, à s'y méprendre, à l'image ordinaire d'une tête de mort.

Il reprit son papier d'un air maussade, et il était au moment de le froisser, sans doute pour le jeter dans le feu, quand, son regard étant tombé par hasard sur le dessin, toute son attention y parut enchaînée. En un instant, son visage devint d'un rouge intense, puis excessivement pâle. Pendant quelques minutes, sans bouger de sa place, il continua à examiner minutieusement le dessin. À la longue, il se leva, prit une chandelle sur la table, et alla s'asseoir sur un coffre, à l'autre extrémité de la chambre. Là, il recommença à examiner curieusement le papier, le tournant dans tous les sens. Néanmoins il ne dit rien, et sa conduite me causait un étonnement extrême ; mais je jugeai prudent de n'exaspérer par aucun commentaire sa mauvaise humeur croissante. Enfin, il tira de la poche de son habit un portefeuille, y serra soigneusement le papier, et déposa le tout dans un pupitre qu'il ferma à clef. Il revint dès lors à des allures plus calmes, mais son premier enthousiasme avait totalement disparu. Il avait l'air plutôt concentré que boudeur. À mesure que la soirée s'avançait, il s'absorbait de plus en plus dans sa rêverie, et aucune de mes saillies ne put l'en arracher. Primitivement, j'avais eu l'intention de passer la nuit dans la cabane, comme j'avais déjà fait plus d'une fois ; mais, en voyant l'humeur de mon hôte, je jugeai plus convenable de prendre congé. Il ne fit aucun effort pour me retenir ; mais, quand je partis, il me serra la main avec une cordialité encore plus vive que de coutume.

Un mois environ après cette aventure, — et durant cet intervalle je n'avais pas entendu parler de Legrand, — je reçus à Charleston une visite de son serviteur Jupiter. Je n'avais jamais vu le bon vieux nègre si complètement abattu, et je fus pris de la crainte qu'il ne fût arrivé à mon ami quelque sérieux malheur.

— Eh bien, Jup, — dis-je, — quoi de neuf ? Comment va ton maître ?

— Dame ! pour dire la vérité, massa, il ne va pas aussi bien qu'il devrait.

— Pas bien ! vraiment je suis navré d'apprendre cela. Mais de quoi se plaint-il ?

— Ah ! voilà la question ! — il ne se plaint jamais de rien, mais il est tout de même bien malade.

— Bien malade, Jupiter ! — Eh ! que ne disais-tu cela tout de suite ? Est-il au lit ?

— Non, non, il n'est pas au lit ! Il n'est bien nulle part ; — voilà justement où le soulier me blesse ; — j'ai l'esprit très inquiet au sujet du pauvre massa Will.

— Jupiter, je voudrais bien comprendre quelque chose à tout ce que tu me racontes là. Tu dis que ton maître est malade. Ne t'a-t-il pas dit de quoi il souffre ?

— Oh ! massa, c'est bien inutile de se creuser la tête. — Massa Will dit qu'il n'a absolument rien ; — mais alors, pourquoi donc s'en va-t-il, deçà et delà, tout pensif, les regards sur son chemin, la tête basse, les épaules voûtées, et pâle comme une oie[1] ? Et pourquoi donc fait-il toujours, et toujours, des chiffres ?

— Il fait quoi, Jupiter ?

— Il fait des chiffres avec des signes sur une ardoise, — les signes les plus bizarres que j'aie jamais vus. Je commence à avoir peur, tout de même. Il faut que j'aie toujours un œil braqué sur lui, rien que sur lui. L'autre jour, il m'a échappé avant le lever du soleil, et il a décampé pour toute la sainte journée. J'avais coupé un bon bâton exprès pour lui administrer une correction de tous les diables quand il reviendrait ; — mais je suis si bête que je n'en ai pas eu le courage ; — il a l'air si malheureux !

— Ah ! vraiment ! — Eh bien ! après tout, je crois que tu as mieux fait d'être indulgent pour le pauvre garçon. — Il ne faut pas lui donner le fouet, Jupiter ; — il n'est peut-être pas en état de le supporter. — Mais ne peux-tu pas te faire une idée de ce qui a occasionné cette maladie, ou plutôt ce changement de conduite ? Lui est-il arrivé quelque chose de fâcheux depuis que je vous ai vus ?

— Non, massa, il n'est rien arrivé de fâcheux *depuis* lors, — mais *avant* cela, — oui, — j'en ai peur, — c'était le jour même que vous étiez là-bas.

— Comment ? que veux-tu dire ?

— Eh ! massa, je veux parler du scarabée, voilà tout.

— Du quoi ?

— Du scarabée ; — je suis sûr que massa Will a été mordu quelque part à la tête par ce scarabée d'or.

— Et quelle raison as-tu, Jupiter, pour faire une pareille supposition ?

— Il a bien assez de pinces pour cela, massa, et une bouche aussi. Je n'ai jamais vu un scarabée aussi endiablé ; — il attrape et il mord tout ce qui l'approche. Massa Will l'avait d'abord attrapé, mais il l'a bien vite lâché, je vous assure ; — c'est alors, sans doute, qu'il a été mordu. La mine de ce scarabée et sa bouche ne me plaisaient guère, certes ; — aussi je ne voulus pas le prendre avec mes doigts ; mais je pris un morceau de papier, et j'empoignai le scarabée dans le papier ; je l'enveloppai donc dans le papier, avec un petit morceau de papier dans la bouche ; — voilà comment je m'y pris.

— Et tu penses donc que ton maître a été réellement mordu par le scarabée, et que cette morsure l'a rendu malade ?

— Je ne pense rien du tout, — je le sais*. Pourquoi donc rêve-t-il toujours d'or, si ce n'est parce qu'il a été mordu par le scarabée d'or ? J'en ai déjà entendu parler, de ces scarabées d'or.

— Mais comment sais-tu qu'il rêve d'or ?

— Comment je le sais ? parce qu'il en parle, même en dormant ; — voilà comment je le sais.

— Au fait, Jupiter, tu as peut-être raison ; mais à quelle bienheureuse circonstance dois-je l'honneur de ta visite aujourd'hui ?

— Que voulez-vous dire, massa ?

— M'apportes-tu un message de M. Legrand ?

— Non, massa, je vous apporte une lettre que voici. Et Jupiter me tendit un papier où je lus :

Mon cher,

Pourquoi donc ne vous ai-je pas vu depuis si longtemps ? J'espère que vous n'avez pas été assez enfant pour vous formaliser d'une petite brusquerie[1] *de ma part ; mais non, — cela est par trop improbable.*

Depuis que je vous ai vu, j'ai eu un grand

* Calembour. *I nose* pour *I know*. — *Je le sens* pour *Je le sais. [Note de Baudelaire.]*

sujet d'inquiétude. J'ai quelque chose à vous dire, mais à peine sais-je comment vous le dire. Sais-je même si je vous le dirai ?

Je n'ai pas été tout à fait bien depuis quelques jours, et le pauvre vieux Jupiter m'ennuie insupportablement par toutes ses bonnes intentions et attentions. Le croiriez-vous ? Il avait, l'autre jour, préparé un gros bâton à l'effet de me châtier, pour lui avoir échappé et avoir passé la journée, seul[1]*, au milieu des collines, sur le continent. Je crois vraiment que ma mauvaise mine m'a seule sauvé de la bastonnade.*

Je n'ai rien ajouté à ma collection depuis que nous nous sommes vus.

Revenez avec Jupiter, si vous le pouvez sans trop d'inconvénients. Venez, venez. *Je désire vous voir ce soir, pour affaire grave. Je vous assure que c'est de* la plus haute *importance.*

Votre tout dévoué,

WILLIAM LEGRAND.

Il y avait dans le ton de cette lettre quelque chose qui me causa une forte inquiétude. Ce style différait absolument du style habituel de Legrand. À quoi diable rêvait-il ? Quelle nouvelle lubie avait pris possession de sa trop excitable cervelle ? Quelle affaire de *si haute importance* pouvait-il avoir à accomplir ? Le rapport de Jupiter ne présageait rien de bon ; — je tremblais que la pression continue de l'infortune n'eût, à la longue, singulièrement dérangé la raison de mon ami. Sans hésiter un instant, je me préparai donc à accompagner le nègre.

En arrivant au quai, je remarquai une faux et trois bêches, toutes également neuves, qui gisaient au fond du bateau dans lequel nous allions nous embarquer.

— Qu'est-ce que tout cela signifie, Jupiter ? — demandai-je.

— Ça, c'est une faux, massa, et des bêches.

— Je le vois bien ; mais qu'est-ce que tout cela fait ici ?

— Massa Will m'a dit d'acheter pour lui cette faux et ces bêches à la ville, et je les ai payées bien cher ; cela nous coûte un argent de tous les diables.

— Mais, au nom de tout ce qu'il y a de mystérieux, qu'est-ce que ton massa Will a à faire de faux et de bêches ?

— Vous m'en demandez plus que je ne sais ; lui-même, massa, n'en sait pas davantage ; le diable m'emporte si je n'en suis pas convaincu. Mais tout cela vient du scarabée.

Voyant que je ne pouvais tirer aucun éclaircissement de Jupiter dont tout l'entendement paraissait absorbé par le scarabée, je descendis dans le bateau, et je déployai la voile. Une belle et forte brise nous poussa bien vite dans la petite anse au nord du fort Moultrie, et après une promenade de deux milles environ nous arrivâmes à la hutte. Il était à peu près trois heures de l'après-midi. Legrand nous attendait avec une vive impatience. Il me serra la main avec un empressement nerveux qui m'alarma et renforça mes soupçons naissants. Son visage était d'une pâleur spectrale, et ses yeux, naturellement fort enfoncés, brillaient d'un éclat surnaturel. Après quelques questions relatives à sa santé, je lui demandai, ne trouvant rien de mieux à dire, si le lieutenant G... lui avait enfin rendu son scarabée.

— Oh, oui ! — répliqua-t-il en rougissant beaucoup, — je le lui ai repris le lendemain matin. Pour rien au monde je ne me séparerais de ce scarabée. Savez-vous bien que Jupiter a tout à fait raison à son égard ?

— En quoi ? — demandai-je, avec un triste pressentiment dans le cœur.

— En supposant que c'est un scarabée d'or véritable.

Il dit cela avec un sérieux profond, qui me fit indiciblement mal.

— Ce scarabée est destiné à faire ma fortune, — continua-t-il, avec un sourire de triomphe, — à me réintégrer dans mes possessions de famille. Est-il donc étonnant que je le tienne en si haut prix ? Puisque la Fortune a jugé bon de me l'octroyer, je n'ai qu'à en user convenablement, et j'arriverai jusqu'à l'or dont il est l'indice. Jupiter, apporte-le-moi.

— Quoi ? le scarabée, massa ? J'aime mieux n'avoir rien à démêler avec le scarabée ; — vous saurez bien le prendre vous-même.

Là-dessus, Legrand se leva avec un air grave et imposant, et alla me chercher l'insecte sous un globe de verre où il était déposé. C'était un superbe scarabée, inconnu à cette époque aux naturalistes, et qui devait avoir un grand prix au point de vue scientifique. Il portait à l'une des extrémités du dos deux taches noires et rondes, et à l'autre une tache de forme allongée. Les élytres étaient excessivement dures et luisantes et avaient positivement l'aspect de l'or bruni. L'insecte était remarquablement lourd, et, tout bien considéré, je ne pouvais pas trop blâmer Jupiter de son opinion ; mais que Legrand s'entendît avec lui sur ce sujet, voilà ce qu'il m'était impossible de comprendre, et, quand il se serait agi de ma vie, je n'aurais pas trouvé le mot de l'énigme.

— Je vous ai envoyé chercher, — dit-il d'un ton magnifique, quand j'eus achevé d'examiner l'insecte, — je vous ai envoyé chercher pour vous demander conseil et assistance dans l'accomplissement des vues de la Destinée et du scarabée...

— Mon cher Legrand, — m'écriai-je en l'interrompant, — vous n'êtes certainement pas bien, et vous feriez beaucoup mieux de prendre quelques précautions. Vous allez vous mettre au lit, et je resterai auprès de vous quelques jours, jusqu'à ce que vous soyez rétabli. Vous avez la fièvre, et...

— Tâtez mon pouls, — dit-il.

Je le tâtai, et, pour dire la vérité, je ne trouvai pas le plus léger symptôme de fièvre.

— Mais vous pourriez bien être malade sans avoir la fièvre. Permettez-moi, pour cette fois seulement, de faire le médecin avec vous. Avant toutes choses, allez vous mettre au lit. Ensuite...

— Vous vous trompez, — interrompit-il ; je suis aussi bien que je puis espérer de l'être dans l'état d'excitation que j'endure. Si réellement vous voulez me voir tout à fait bien, vous soulagerez cette excitation.

— Et que faut-il faire pour cela ?

— C'est très facile. Jupiter et moi, nous partons pour une expédition dans les collines, sur le continent, et nous avons besoin de l'aide d'une personne en qui nous puissions absolument nous fier. Vous êtes cette personne unique. Que notre entreprise échoue ou réussisse, l'excitation que vous voyez en moi maintenant sera également apaisée.

— J'ai le vif désir de vous servir en toutes choses, — répliquai-je ; — mais prétendez-vous dire que cet infernal scarabée ait quelque rapport avec votre expédition dans les collines ?

— Oui, certes.

— Alors, Legrand, il m'est impossible de coopérer à une entreprise aussi parfaitement absurde.

— J'en suis fâché, — très fâché, — car il nous faudra tenter l'affaire à nous seuls.

— À vous seuls ! Ah ! le malheureux est fou, à coup sûr ! — Mais, voyons, combien de temps durera votre absence ?

— Probablement toute la nuit. Nous allons partir immédiatement, et, dans tous les cas, nous serons de retour au lever du soleil.

— Et vous me promettez, sur votre honneur, que ce caprice passé, et l'affaire du scarabée — bon Dieu ! — vidée à votre satisfaction, vous rentrerez au logis, et que vous y suivrez exactement mes prescriptions, comme celles de votre médecin ?

— Oui, je vous le promets ; et maintenant partons, car nous n'avons pas de temps à perdre.

J'accompagnai mon ami, le cœur gros. À quatre heures, nous nous mîmes en route, Legrand, Jupiter, le chien et moi. Jupiter prit la faux et les bêches ; il insista pour s'en charger, plutôt, à ce qu'il me parut, par crainte de laisser un de ces instruments dans la main de son maître que par excès de zèle et de complaisance. Il était d'ailleurs d'une humeur de chien, et ces mots : *Damné scarabée !* furent les seuls qui lui échappèrent tout le long du voyage. J'avais, pour ma part, la charge de deux lanternes sourdes ; quant à Legrand, il s'était contenté du scarabée, qu'il portait attaché au bout d'un morceau de ficelle, et qu'il faisait tourner autour de lui, tout en marchant, avec des airs de magicien. Quand j'observais ce symptôme suprême de démence dans mon pauvre ami, je pouvais à peine retenir mes larmes. Je pensai toutefois qu'il valait mieux épouser sa fantaisie, au moins pour le moment, ou jusqu'à ce que je pusse prendre quelques mesures énergiques avec chance de succès. Cependant, j'essayais, mais fort inutilement, de le sonder relativement au but de l'expédition. Il avait réussi à me persuader de l'accompagner, et semblait désormais peu disposé à lier conversation sur un sujet d'une si maigre importance. À toutes mes questions, il ne daignait répondre que par un : Nous verrons bien !

Nous traversâmes dans un esquif la crique à la pointe de l'île, et, grimpant sur les terrains montueux de la rive opposée, nous nous dirigeâmes vers le nord-ouest, à travers un pays horriblement sauvage et désolé, où il était impossible de découvrir la trace d'un pied humain. Legrand suivait sa route avec décision, s'arrêtant seulement de temps en temps pour consulter certaines indications qu'il paraissait avoir laissées lui-même dans une occasion précédente.

Nous marchâmes ainsi deux heures environ, et le soleil était au moment de se coucher quand nous entrâmes dans une région infiniment plus sinistre que tout ce que nous avions vu jusqu'alors. C'était une espèce de plateau près du sommet d'une montagne affreusement escarpée, couverte de bois de la base au sommet, et semée d'énormes blocs de pierre qui semblaient éparpillés pêle-mêle sur le sol, et dont plusieurs se seraient infailliblement précipités dans les vallées inférieures sans le secours des arbres contre lesquels ils s'appuyaient. De profondes ravines irradiaient dans diverses directions et donnaient à la scène un caractère de solennité plus lugubre.

La plate-forme naturelle sur laquelle nous étions grimpés était si profondément encombrée de ronces que nous vîmes bien que, sans la faux, il nous eût été impossible de nous frayer un passage. Jupiter, d'après les ordres de son maître, commença à nous éclaircir un chemin jusqu'au pied d'un tulipier gigantesque qui se dressait, en compagnie de huit ou dix chênes, sur la plate-forme, et les surpassait tous, ainsi que tous les arbres que j'avais vus jusqu'alors, par la beauté de sa forme et de son feuillage, par l'immense développement de son branchage et par la majesté générale de son aspect. Quand nous eûmes atteint cet arbre, Legrand se tourna vers Jupiter, et lui demanda s'il se croyait capable d'y grimper. Le pauvre vieux parut légèrement étourdi par cette question, et resta quelques instants sans répondre. Cependant il s'approcha de l'énorme tronc, et fit lentement le tour et l'examina avec une attention minutieuse. Quand il eut achevé son examen, il dit simplement :

— Oui, massa ; Jup n'a pas vu d'arbre où il ne puisse grimper.

— Alors, monte ; allons, allons ! et rondement ! car il fera bientôt trop noir pour voir ce que nous faisons.

— Jusqu'où faut-il monter, massa ? — demanda Jupiter.

— Grimpe d'abord sur le tronc, et puis je te

dirai quel chemin tu dois suivre. — Ah ! un instant ! — prends ce scarabée avec toi.

— Le scarabée, massa Will ! — le scarabée d'or ! — cria le nègre reculant de frayeur ; — pourquoi donc faut-il que je porte avec moi ce scarabée sur l'arbre ! — Que je sois damné si je le fais !

— Jup, si vous avez peur, vous, un grand nègre, un gros et fort nègre, de toucher à un petit insecte mort et inoffensif, eh bien ! vous pouvez l'emporter avec cette ficelle ; — mais, si vous ne l'emportez pas avec vous d'une manière ou d'une autre, je serai dans la cruelle nécessité de vous fendre la tête avec cette bêche.

— Mon Dieu ! qu'est-ce qu'il y a donc, massa ? — dit Jup, que la honte rendait évidemment plus complaisant ; — il faut toujours que vous cherchiez noise à votre vieux nègre. C'était une farce, voilà tout. Moi, avoir peur du scarabée ! je m'en soucie bien, du scarabée !

Et il prit avec précaution l'extrême bout de la corde, et, maintenant l'insecte aussi loin de sa personne que les circonstances le permettaient, il se mit en devoir de grimper à l'arbre.

Dans sa jeunesse, le tulipier, ou *Liriodendron Tulipiferum*[1], le plus magnifique des forestiers américains, a un tronc singulièrement lisse et s'élève souvent à une grande hauteur, sans pousser de branches latérales ; mais quand il arrive à sa maturité, l'écorce devient rugueuse et inégale, et de petits rudiments de branches se manifestent en grand nombre sur le tronc. Aussi l'escalade, dans le cas actuel, était beaucoup plus difficile en apparence qu'en réalité. Embrassant de son mieux l'énorme cylindre avec ses bras et ses genoux, empoignant avec les mains quelques-unes des pousses, appuyant ses pieds nus sur les autres, Jupiter, après avoir failli tomber une ou deux fois, se hissa à la longue jusqu'à la première grande fourche, et sembla dès lors regarder la besogne comme virtuellement accomplie. En effet, le risque principal de l'entreprise avait disparu, bien que le brave nègre se trouvât à soixante ou soixante-dix pieds du sol.

— De quel côté faut-il que j'aille maintenant, massa Will ? — demanda-t-il.

— Suis toujours la plus grosse branche, — celle de ce côté, — dit Legrand.

Le nègre lui obéit promptement, et apparemment sans trop de peine ; il monta, monta toujours plus haut, de sorte qu'à la fin sa personne rampante et ramassée disparut dans l'épaisseur du feuillage ; il était tout à fait invisible. Alors sa voix lointaine se fit entendre ; il criait :

— Jusqu'où faut-il monter encore ?

— À quelle hauteur es-tu ? — demanda Legrand.

— Si haut, si haut, — répliqua le nègre, — que je peux voir le ciel à travers le sommet de l'arbre.

— Ne t'occupe pas du ciel, mais fais attention à ce que je te dis. Regarde le tronc, et compte les branches au-dessous de toi, de ce côté. Combien de branches as-tu passées ?

— Une, deux, trois, quatre, cinq ; — j'ai passé cinq grosses branches, massa, de ce côté-ci.

— Alors, monte encore d'une branche.

Au bout de quelques minutes, sa voix se fit entendre de nouveau. Il annonçait qu'il avait atteint la septième branche.

— Maintenant, Jup, — cria Legrand, en proie à une agitation manifeste, — il faut que tu trouves le moyen de t'avancer sur cette branche aussi loin que tu pourras. Si tu vois quelque chose de singulier, tu me le diras.

Dès lors, le peu de doutes que j'avais essayé de conserver relativement à la démence de mon pauvre ami disparurent complètement. Je ne pouvais plus ne pas le considérer comme frappé d'aliénation mentale, et je commençai à m'inquiéter sérieusement des moyens de le ramener au logis. Pendant que je méditais sur ce que j'avais de mieux à faire, la voix de Jupiter se fit entendre de nouveau.

— J'ai bien peur de m'aventurer un peu loin sur cette branche ; — c'est une branche morte presque dans toute sa longueur.

— Tu dis bien que c'est une branche morte, Jupiter ? — cria Legrand d'une voix tremblante d'émotion.

— Oui, massa, morte comme un vieux clou de porte, c'est une affaire faite, — elle est bien morte, tout à fait sans vie.

— Au nom du ciel, que faire ? — demanda Legrand, qui semblait en proie à un vrai désespoir.

— Que faire ? — dis-je, heureux de saisir l'occasion pour placer un mot raisonnable, — retourner au logis et nous aller coucher. Allons, venez ! — Soyez gentil, mon camarade. — Il se fait tard, et puis souvenez-vous de votre promesse.

— Jupiter, — criait-il, sans m'écouter le moins du monde, — m'entends-tu ?

— Oui, massa Will, je vous entends parfaitement.

— Entame donc le bois avec ton couteau, et dis-moi si tu le trouves bien pourri.

— Pourri, massa, assez pourri, — répliqua bientôt le nègre, — mais pas aussi pourri qu'il pourrait l'être. Je pourrais m'aventurer un peu plus sur la branche, mais moi seul.

— Toi seul ! — qu'est-ce que tu veux dire ?

— Je veux parler du scarabée. Il est bien lourd, le scarabée. Si je le lâchais d'abord, la branche porterait bien, sans casser, le poids d'un nègre tout seul.

— Infernal coquin ! — cria Legrand, qui avait l'air fort soulagé, — quelles sottises me chantes-tu là ? Si tu laisses tomber l'insecte, je te tords le cou. Fais-y attention, Jupiter ; — tu m'entends, n'est-ce pas ?

— Oui, massa, ce n'est pas la peine de traiter comme ça un pauvre nègre.

— Eh bien ! écoute-moi, maintenant ! — Si tu te hasardes sur la branche aussi loin que tu pourras le faire sans danger, et sans lâcher le scarabée, je te ferai cadeau d'un dollar d'argent aussitôt que tu seras descendu.

— J'y vais, massa Will, — m'y voilà, — répliqua lestement le nègre, — je suis presque au bout.

— Au bout ! — cria Legrand, très radouci. — Veux-tu dire que tu es au bout de cette branche ?

— Je suis bientôt au bout, massa ; — oh ! oh ! oh ! Seigneur Dieu ! miséricorde ! qu'y a-t-il sur l'arbre ?

— Eh bien ! — cria Legrand, au comble de la joie, — qu'est-ce qu'il y a ?

— Eh ! ce n'est rien qu'un crâne ; quelqu'un a laissé sa tête sur l'arbre, et les corbeaux ont becqueté toute la viande.

— Un crâne, dis-tu ? — Très bien ! — Comment est-il attaché à la branche ? — qu'est-ce qui le retient ?

— Oh ! il tient bien ; — mais il faut voir. — Ah ! c'est une drôle de chose, sur ma parole ; — il y a un gros clou dans le crâne, qui le retient à l'arbre.

— Bien ! maintenant, Jupiter, fais exactement ce que je vais te dire ; — tu m'entends ?

— Oui, massa.

— Fais bien attention ! — trouve l'œil gauche du crâne.

— Oh ! oh ! voilà qui est drôle ! il n'y a pas d'œil gauche du tout.

— Maudite stupidité ! Sais-tu distinguer ta main droite de ta main gauche ?

— Oui, je sais, — je sais tout cela ; ma main gauche est celle avec laquelle je fends le bois.

— Sans doute, tu es gaucher ; et ton œil gauche est du même côté que ta main gauche. Maintenant, je suppose, tu peux trouver l'œil gauche du crâne, ou la place où était l'œil gauche. As-tu trouvé ?

Il y eut ici une longue pause. Enfin, le nègre demanda :

— L'œil gauche du crâne est aussi du même côté que la main gauche du crâne ? — Mais le crâne n'a pas de mains du tout ! — Cela ne fait rien ! j'ai trouvé l'œil gauche, — voilà l'œil gauche ! Que faut-il faire maintenant ?

— Laisse filer le scarabée à travers, aussi loin que la ficelle peut aller ; mais prends bien garde de lâcher le bout de la corde.

— Voilà qui est fait, massa Will ; c'était chose facile de faire passer le scarabée par le trou ; — tenez, voyez-le descendre.

Pendant tout ce dialogue, la personne de Jupiter était restée invisible ; mais l'insecte qu'il laissait filer apparaissait maintenant au bout de la ficelle, et brillait comme une boule d'or brunie aux derniers rayons du soleil couchant, dont quelques-uns éclairaient encore faiblement l'éminence où nous étions placés. Le scarabée en descendant émergeait des branches, et, si Jupiter l'avait laissé tomber, il serait tombé à nos pieds. Legrand prit immédiatement la faux et éclaircit un espace circulaire de trois ou quatre yards de diamètre, juste au-dessous de l'insecte, et, ayant achevé cette besogne, ordonna à Jupiter de lâcher la corde et de descendre de l'arbre.

Avec un soin scrupuleux, mon ami enfonça dans la terre une cheville, à l'endroit précis où le scarabée était tombé, et tira de sa poche un ruban à mesurer. Il l'attacha par un bout à l'endroit du tronc de l'arbre qui était le plus près de la cheville, le déroula jusqu'à la cheville, et continua ainsi à le dérouler dans la direction donnée par ces deux points, — la cheville et le tronc, — jusqu'à la distance de cinquante pieds. Pendant ce temps, Jupiter nettoyait les ronces avec la faux. Au point ainsi trouvé, il enfonça une seconde cheville, qu'il prit comme centre, et autour duquel il décrivit grossièrement un cercle de quatre pieds de diamètre environ. Il s'empara alors d'une bêche, en donna une à Jupiter, une à moi, et nous pria de creuser aussi vivement que possible.

Pour parler franchement, je n'avais jamais eu beaucoup de goût pour un pareil amusement, et dans le cas présent je m'en serais bien volontiers passé ; car la nuit s'avançait, et je me sentais passablement fatigué de l'exercice que j'avais déjà pris ; mais je ne voyais aucun moyen de m'y soustraire, et je tremblais de troubler par un refus la prodigieuse sérénité de mon pauvre ami. Si j'avais pu compter sur l'aide de Jupiter, je n'aurais pas hésité à ramener par la force notre fou chez lui ; mais je connaissais trop bien le caractère du vieux nègre pour espérer son assistance, dans le cas d'une lutte personnelle avec son maître, et dans n'importe quelle circonstance. Je ne doutais pas que Legrand n'eût le cerveau infecté de quelqu'une des innombrables superstitions du Sud relatives aux trésors enfouis, et que cette imagination n'eût été confirmée par la trouvaille du scarabée, ou peut-être même par l'obstination de Jupiter à soutenir que c'était un scarabée d'or véritable. Un esprit tourné à la folie pouvait bien se laisser entraîner par de pareilles suggestions, surtout quand elles s'accordaient avec ses idées favorites préconçues ; puis je me rappelais le discours du pauvre garçon relativement au scarabée, *indice de sa fortune* ! Par-dessus tout, j'étais cruellement tourmenté et embarrassé ; mais enfin je résolus de faire contre fortune bon cœur et de bêcher de bonne volonté, pour convaincre mon visionnaire le plus tôt possible, par une démonstration oculaire, de l'inanité de ses rêveries.

Nous allumâmes les lanternes, et nous attaquâmes notre besogne avec un ensemble et un zèle dignes d'une cause plus rationnelle ; et, comme la lumière tombait sur nos personnes et nos outils, je ne pus m'empêcher de songer que nous composions un groupe vraiment pittoresque, et que, si quelque intrus était tombé par hasard au milieu de nous, nous lui aurions apparu comme faisant une besogne bien étrange et bien suspecte.

Nous creusâmes ferme deux heures durant. Nous parlions peu. Notre principal embarras était causé par les aboiements du chien qui prenait un intérêt excessif à nos travaux. À la longue, il devint tellement turbulent, que nous craignîmes qu'il ne donnât l'alarme à quelques rôdeurs du voisinage, — ou plutôt, c'était la grande appréhension de Legrand, — car, pour mon compte, je me serais réjoui de toute interruption qui m'aurait permis de ramener mon vagabond à la maison. À la fin, le vacarme fut étouffé, grâce à Jupiter qui, s'élançant hors du trou avec un air furieusement décidé, musela la gueule de l'animal avec une de ses bretelles, et puis retourna à sa tâche avec un petit rire de triomphe très grave.

Les deux heures écoulées, nous avions atteint une profondeur de cinq pieds, et aucun indice de trésor ne se montrait. Nous fîmes une pause générale, et je commençai à espérer que la farce touchait à sa fin. Cependant Legrand, quoique évidemment très déconcerté, s'essuya le front d'un air pensif et reprit sa bêche. Notre trou occupait déjà toute l'étendue du cercle de quatre pieds de diamètre ; nous entamâmes légèrement cette limite, et nous creusâmes encore de deux pieds. Rien n'apparut. Mon chercheur d'or, dont j'avais sérieusement pitié, sauta enfin hors du trou avec le plus affreux désappointement écrit sur le visage, et se décida, lentement et comme à regret, à reprendre son habit qu'il avait ôté avant de se mettre à l'ouvrage. Pour moi, je me gardai bien de faire aucune remarque. Jupiter, à un signal de son maître, commença à rassembler les outils. Cela fait, et le chien étant démuselé, nous reprîmes notre chemin dans un profond silence.

Nous avions peut-être fait une douzaine de pas, quand Legrand, poussant un terrible juron, sauta sur Jupiter et l'empoigna au collet. Le nègre stupéfait ouvrit les yeux et la bouche dans toute leur ampleur, lâcha les bêches et tomba sur les genoux.

— Scélérat ! — criait Legrand, en faisant siffler les syllabes entre ses dents, — infernal noir ! gredin de noir ! — parle, te dis-je ! — réponds-moi à l'instant, et surtout ne prévarique pas ! — Quel est, quel est ton œil gauche ?

— Ah ! miséricorde ! Massa Will ! n'est-ce pas là, pour sûr, mon œil gauche ? — rugissait Jupiter épouvanté, plaçant sa main sur l'organe *droit* de la vision, et l'y maintenant avec l'opiniâtreté du désespoir, comme s'il eût craint que son maître ne voulût le lui arracher.

— Je m'en doutais ! — je le savais bien ! hourra ! — vociféra Legrand, en lâchant le nègre, et exécutant une série de gambades et de cabrioles, au grand étonnement de son domestique, qui, en se relevant, promenait, sans mot dire, ses regards de son maître à moi et de moi à son maître.

— Allons, il nous faut retourner, — dit celui-ci ; — la partie n'est pas perdue.

Et il reprit son chemin vers le tulipier.

— Jupiter, — dit-il, quand nous fûmes arrivés au pied de l'arbre, — viens ici ! — Le crâne est-il cloué à la branche avec la face tournée à l'extérieur ou tournée contre la branche ?

— La face est tournée à l'extérieur, massa, de sorte que les corbeaux ont pu manger les yeux sans aucune peine.

— Bien. Alors, est-ce par cet œil-ci ou par celui-là que tu as fait couler le scarabée ?

Et Legrand touchait alternativement les deux yeux de Jupiter.

— Par cet œil-ci, massa, — par l'œil gauche, — juste comme vous me l'aviez dit.

Et c'était encore son œil droit qu'indiquait le pauvre nègre.

— Allons, allons ! il nous faut recommencer.

Alors, mon ami dans la folie duquel je voyais maintenant, ou croyais voir certains indices de méthode, reporta la cheville qui marquait l'endroit où le scarabée était tombé, à trois pouces vers l'ouest de sa première position. Étalant de nouveau son cordeau du point le plus rapproché du tronc jusqu'à la cheville, comme il avait déjà fait, et continuant à l'étendre en ligne droite à une distance de cinquante pieds, il marqua un nouveau point éloigné de plusieurs yards de l'endroit où nous avions précédemment creusé[1].

Autour de ce nouveau centre, un cercle fut tracé, un peu plus large que le premier, et nous nous mîmes derechef à jouer de la bêche. J'étais effroyablement fatigué ; mais, sans me rendre compte de ce qui occasionnait un changement dans ma pensée, je ne sentais plus une aussi grande aversion pour le labeur qui m'était imposé. Je m'y intéressais inexplicablement ; je dirai plus, je me sentais excité. Peut-être y avait-il dans toute l'extravagante conduite de Legrand un certain air délibéré, une certaine allure prophétique qui m'impressionnaient moi-même. Je bêchais ardemment, et de temps à autre je me surprenais cherchant, pour ainsi dire, des yeux, avec un sentiment qui ressemblait à de l'attente, ce trésor imaginaire dont la vision avait affolé mon infortuné camarade. Dans un de ces moments où ces rêvasseries s'étaient plus singulièrement emparées de moi, et comme nous avions déjà travaillé une heure et demie à peu près, nous fûmes de nouveau interrompus par les violents hurlements du chien. Son inquiétude, dans le premier cas, n'était évidemment que le résultat d'un caprice ou d'une gaieté folle ; mais cette fois elle prenait un ton plus violent et plus caractérisé. Comme Jupiter s'efforçait de nouveau de le museler, il fit une résistance furieuse, et, bondissant dans le trou, il se mit à gratter frénétiquement la terre avec ses griffes. En quelques secondes, il avait découvert une masse d'ossements humains, formant deux squelettes complets, et mêlés de plusieurs boutons de métal, avec quelque chose qui nous parut être de la vieille laine pourrie et émiettée. Un ou deux coups de bêche firent sauter la lame d'un grand couteau espagnol ; nous creusâmes encore, et trois ou quatre pièces de monnaie d'or et d'argent apparurent éparpillées.

À cette vue, Jupiter put à peine contenir sa joie, mais la physionomie de son maître exprima un affreux désappointement. Il nous supplia toutefois de continuer nos efforts, et à peine avait-il fini de parler que je trébuchai et tombai en avant ; la pointe de ma botte s'était engagée dans un gros anneau de fer qui gisait à moitié enseveli sous un amas de terre fraîche.

Nous nous remîmes au travail avec une ardeur nouvelle ; jamais je n'ai passé dix minutes dans une aussi vive exaltation. Durant cet intervalle, nous déterrâmes complètement un coffre de bois de forme oblongue[1], qui, à en juger par sa parfaite conservation et son étonnante dureté, avait été évidemment soumis à quelque procédé de minéralisation, — peut-être au bichlorure de mercure. Ce coffre avait trois pieds et demi de long, trois de large et deux et demi de profondeur. Il était solidement maintenu par des lames de fer forgé, rivées et formant tout autour une espèce de treillage. De chaque côté du coffre, près du couvercle, étaient trois anneaux de fer, six en tout, au moyen desquels six personnes pouvaient s'en emparer. Tous nos efforts réunis ne réussirent qu'à le déranger légèrement de son lit. Nous vîmes tout de suite l'impossibilité d'emporter un si énorme poids. Par bonheur, le couvercle n'était retenu que par deux verrous que nous fîmes glisser, — tremblants et pantelants d'anxiété. En un instant, un trésor d'une valeur incalculable s'épanouit, étincelant, devant nous. Les rayons des lanternes tombaient dans la fosse, et faisaient jaillir d'un amas confus d'or et de bijoux des éclairs et des splendeurs qui nous éclaboussaient positivement les yeux.

Je n'essaierai pas de décrire les sentiments avec lesquels je contemplais ce trésor. La stupéfaction, comme on peut le supposer, dominait tous les autres. Legrand paraissait épuisé par son excitation même, et ne prononça que quelques paroles. Quant à Jupiter, sa figure devint aussi mortellement pâle que cela est possible à une figure de nègre. Il semblait stupéfié, foudroyé. Bientôt il tomba sur ses genoux dans la fosse, et, plongeant ses bras nus dans l'or jusqu'au coude, il les y laissa longtemps, comme s'il jouissait des voluptés d'un bain. Enfin, il s'écria avec un profond soupir, comme se parlant à lui-même :

— Et tout cela vient du scarabée d'or ? Le joli scarabée d'or ! le pauvre petit scarabée d'or que j'injuriais, que je calomniais ! N'as-tu pas honte de toi, vilain nègre ? — hein ! qu'as-tu à répondre ?

Il fallut cependant que je réveillasse, pour ainsi dire, le maître et le valet, et que je leur fisse comprendre qu'il y avait urgence à emporter le trésor. Il se faisait tard, et il nous fallait déployer quelque activité, si nous voulions que tout fût en sûreté chez nous avant le jour. Nous ne savions quel parti prendre, et nous perdions beaucoup de temps en délibérations, tant nous avions les idées en désordre. Finalement nous allégeâmes le coffre en enlevant les deux tiers de son contenu, et nous pûmes enfin, mais non sans peine encore, l'arracher de son trou. Les objets que nous en avions tiré furent déposés parmi les ronces, et confiés à la garde du chien, à qui Jupiter enjoignit strictement de ne bouger sous aucun prétexte, et de ne pas même ouvrir la bouche jusqu'à notre retour. Alors nous nous mîmes précipitamment en route avec le coffre ; nous atteignîmes la hutte sans accident, mais après une fatigue effroyable et à une heure du matin. Épuisés comme nous l'étions, nous ne pouvions immédiatement nous remettre à la besogne, c'eût été dépasser les forces de la nature. Nous nous reposâmes jusqu'à deux heures, puis nous soupâmes ; enfin nous nous remîmes en route pour les montagnes, munis de trois gros sacs que nous trouvâmes par bonheur dans la hutte. Nous arrivâmes un peu avant quatre heures à notre fosse, nous nous partageâmes aussi également que possible le reste du butin, et, sans nous donner la peine de combler le trou, nous nous remîmes en marche vers notre case où nous déposâmes pour la seconde fois nos précieux fardeaux, juste comme les premières bandes de l'aube apparaissaient à l'est, au-dessus de la cime des arbres.

Nous étions absolument brisés ; mais la profonde excitation actuelle nous refusa le repos. Après un sommeil inquiet de trois ou quatre heures, nous nous levâmes, comme si nous nous étions concertés, pour procéder à l'examen de notre trésor.

Le coffre avait été rempli jusqu'aux bords, et nous passâmes toute la journée et la plus grande partie de la nuit suivante à inventorier son contenu. On n'y avait mis aucune espèce d'ordre ni d'arrangement ; tout y avait été empilé pêle-mêle. Quand nous eûmes fait soigneusement un classement général, nous nous trouvâmes en possession d'une fortune qui dépassait tout ce que nous avions supposé. Il y avait en espèces plus de 450 000 dollars, — en estimant la valeur des pièces aussi rigoureusement que possible d'après les tables de l'époque. Dans tout cela pas une parcelle d'argent. Tout était en or de vieille date et d'une grande variété : monnaies française, espagnole et allemande, quelques guinées anglaises, et quelques jetons[1] dont nous n'avions jamais vu aucun modèle. Il y avait plusieurs pièces de monnaie, très grandes et très lourdes, mais si usées qu'il nous fut impossible de déchiffrer les inscriptions. Aucune monnaie américaine. Quant à l'estimation des bijoux, ce fut une affaire un peu plus difficile. Nous trouvâmes des diamants, dont quelques-uns très beaux et d'une grosseur singulière, — en tout cent dix, dont pas un n'était petit ; dix-huit rubis d'un éclat remarquable ; trois cent dix émeraudes, toutes très belles ; vingt et un saphirs et une opale. Toutes ces pierres avaient été arrachées de leurs montures et jetées pêle-mêle dans le coffre. Quant aux montures elles-mêmes, dont nous fîmes une catégorie distincte de l'autre or, elles apparaissaient avoir été broyées à coups de marteau, comme pour rendre toute reconnaissance impossible. Outre tout cela, il y avait une énorme quantité d'ornements en or massif ; — près de deux cents bagues ou boucles d'oreilles massives ; de belles chaînes, au nombre de trente, si j'ai bonne mémoire ; quatre-vingt-trois crucifix très grands et très lourds ; cinq encensoirs d'or d'un grand prix ; un gigantesque bol à punch en or, orné de feuilles de vigne et de figures de bacchantes largement ciselées ; deux poignées d'épée merveilleusement travaillées, et une foule d'autres articles plus petits et dont j'ai perdu le souvenir. Le poids de toutes ces valeurs dépassait 350 livres ; et dans cette estimation j'ai omis cent quatre-vingt-dix-sept montres d'or superbes, dont trois valaient bien chacune 500 dollars. Plusieurs étaient très vieilles, et sans aucune valeur comme pièces d'horlogerie, les mouvements ayant plus ou moins souffert de l'action corrosive de la terre ; mais toutes étaient magnifiquement ornées de pierreries, et les boîtes étaient d'un grand prix. Nous évaluâmes cette nuit le contenu total du coffre à un million et demi de dollars ; et, lorsque plus tard nous disposâmes des bijoux et des pierreries, — après en avoir gardé quelques-uns pour notre usage personnel, — nous trouvâmes que nous avions singulièrement sous-évalué le trésor.

Lorsque nous eûmes enfin terminé notre inventaire, et que notre terrible exaltation fut en grande partie apaisée, Legrand, qui voyait que je mourais d'impatience de posséder la solution de cette prodigieuse énigme, entra dans un détail complet de toutes les circonstances qui s'y rapportaient[1].

— Vous vous rappelez, — dit-il, — le soir où je vous fis passer la grossière esquisse que j'avais faite du scarabée. Vous vous souvenez aussi que je fus passablement choqué de votre insistance à me soutenir que mon dessin ressemblait à une tête de mort. La première fois que vous lâchâtes cette assertion, je crus que vous plaisantiez : ensuite je me rappelai les taches particulières sur le dos de l'insecte, et je reconnus en moi-même que votre remarque avait en somme quelque fondement. Toutefois votre ironie à l'endroit de mes facultés graphiques m'irritait, car on me regarde comme un artiste fort passable ; aussi, quand vous me tendîtes le morceau de parchemin, j'étais au moment de le froisser avec humeur et de le jeter dans le feu.

— Vous voulez parler du morceau de *papier*, — dis-je.

— Non ; cela avait toute l'apparence du papier, et moi-même j'avais d'abord supposé que c'en était, mais quand je voulus dessiner dessus, je découvris tout de suite que c'était un morceau de parchemin très mince. Il était fort sale, vous vous le rappelez. Au moment même où j'allais le chiffonner, mes yeux tombèrent sur le dessin que vous aviez regardé, et vous pouvez concevoir quel fut mon étonnement quand j'aperçus l'image positive d'une tête de mort à l'endroit même où j'avais cru dessiner un scarabée. Pendant un moment, je me sentis trop étourdi pour penser avec rectitude. Je savais que mon croquis différait de ce nouveau dessin par tous ses détails, bien qu'il y eût une certaine analogie dans le contour général. Je pris alors une chandelle, et, m'asseyant à l'autre bout de la chambre, je procédai à une analyse plus attentive du parchemin. En le retournant, je vis ma propre esquisse sur le revers, juste comme je l'avais faite. Ma première impression fut simplement de la surprise ; il y avait une analogie réellement remarquable dans le contour, et c'était une coïncidence singulière que ce fait de l'image d'un crâne, inconnue à moi, occupant l'autre côté du parchemin, immédiatement au-dessus de mon dessin du scarabée, — et d'un crâne qui ressemblait si exactement à mon dessin, non seulement par le contour, mais aussi par la dimension. Je dis que la singularité de cette coïncidence me stupéfia positivement pour un instant. C'est l'effet ordinaire de ces sortes de coïncidences. L'esprit s'efforce d'établir un rapport, une liaison de cause à effet, — et, se trouvant impuissant à y réussir, subit une espèce de paralysie momentanée. Mais quand je revins de cette stupeur, je sentis luire en moi par degrés une conviction qui me frappa bien autrement encore que cette coïncidence. Je commençai à me rappeler distinctement, positivement, qu'il n'y avait aucun dessin sur le parchemin quand j'y fis mon croquis du scarabée. J'en acquis la parfaite certitude ; car je me souvins de l'avoir tourné et retourné en cherchant l'endroit le plus propre. Si le crâne avait été visible, je l'aurais infailliblement remarqué. Il y avait réellement là un mystère que je me sentais incapable de débrouiller ; mais dès ce moment même, il me sembla voir prématurément poindre une faible lueur dans les régions les plus profondes et les plus secrètes de mon entendement, une espèce de ver luisant intellectuel, une conception embryonnaire de la vérité, dont notre aventure de l'autre nuit nous a fourni une si splendide démonstration. Je me levai décidément, et, serrant soigneusement le parchemin, je renvoyai toute réflexion ultérieure jusqu'au moment où je pourrais être seul.

» Quand vous fûtes parti et quand Jupiter fut bien endormi, je me livrai à une investigation un peu plus méthodique de la chose. Et d'abord je voulus comprendre de quelle manière ce parchemin était tombé dans mes mains. L'endroit où nous découvrîmes le scarabée était sur le côté du continent, à un mille environ à l'est de l'île, mais à une petite distance au-dessus du niveau de la marée haute. Quand je m'en emparai, il me mordit cruellement, et je le lâchai. Jupiter, avec sa prudence accoutumée, avant de prendre l'insecte qui s'était envolé de son côté, chercha autour de lui une feuille ou quelque chose d'analogue, avec quoi il pût s'en emparer. Ce fut en ce moment que ses yeux et les miens tombèrent sur le morceau de parchemin, que je pris alors pour du papier. Il était à moitié enfoncé dans le sable, avec un coin en l'air. Près de l'endroit où nous le trouvâmes, j'observai les restes d'une coque de grande embarcation, autant du moins que j'en pus juger. Ces débris de naufrage étaient là probablement depuis bien longtemps, car à peine pouvait-on y retrouver la physionomie d'une charpente de bateau.

» Jupiter ramassa donc le parchemin, enveloppa l'insecte et me le donna. Peu de temps après, nous reprîmes le chemin de la hutte, et nous rencontrâmes le lieutenant G... Je lui montrai l'insecte, et il me pria de lui permettre de l'emporter au fort. J'y consentis, et il le fourra dans la poche de son gilet sans le parchemin qui lui servait d'enveloppe, et que je tenais toujours à la main pendant qu'il examinait le scarabée. Peut-être eut-il peur que je ne changeasse d'avis, et jugea-t-il prudent de s'assurer d'abord de sa prise : vous savez qu'il est fou d'histoire naturelle et de tout ce qui s'y rattache. Il est évident qu'alors, sans y penser, j'ai remis le parchemin dans ma poche.

» Vous vous rappelez que, lorsque je m'assis à la table pour faire un croquis du scarabée, je ne trouvai pas de papier à l'endroit où on le met ordinairement. Je regardai dans le tiroir, il n'y en avait point. Je cherchais dans mes poches, espérant trouver une vieille lettre, quand mes doigts rencontrèrent le parchemin. Je vous détaille minutieusement toute la série de circonstances qui l'ont jeté dans mes mains ; car toutes ces circonstances ont singulièrement frappé mon esprit.

» Sans aucun doute, vous me considérerez comme un rêveur, — mais j'avais déjà établi une espèce de connexion. J'avais uni deux anneaux d'une grande chaîne. Un bateau échoué à la côte, et non loin de ce bateau un parchemin, — *non pas un papier,* — portant l'image d'un crâne. Vous allez naturellement me demander où est le rapport ? Je répondrai que le crâne ou la tête de mort est l'emblème bien connu des pirates. Ils ont toujours, dans tous leurs engagements, hissé le pavillon à tête de mort.

» Je vous ai dit que c'était un morceau de parchemin et non pas de papier. Le parchemin est une chose durable, presque impérissable. On confie rarement au parchemin des documents d'une minime importance, puisqu'il répond beaucoup moins bien que le papier aux besoins ordinaires de l'écriture et du dessin. Cette réflexion m'induisit à penser qu'il devait y avoir dans la tête de mort quelque rapport, quelque sens singulier. Je ne faillis pas non plus à remarquer la forme du parchemin. Bien que l'un des coins eût été détruit par quelque accident, on voyait bien que la forme primitive était oblongue. C'était donc une de ces bandes qu'on choisit pour écrire, pour consigner un document important, une note qu'on veut conserver longtemps et soigneusement.

— Mais, — interrompis-je, — vous dites que le crâne n'était pas sur le parchemin quand vous y dessinâtes le scarabée. Comment donc pouvez-vous établir un rapport entre le bateau et le crâne, — puisque ce dernier, d'après votre propre aveu, a dû être dessiné — Dieu sait comment ou par qui, — postérieurement à votre dessin du scarabée ?

— Ah ! c'est là-dessus que roule tout le mystère ; bien que j'aie eu comparativement peu de peine à résoudre ce point de l'énigme. Ma marche était sûre, et ne pouvait me conduire qu'à un seul résultat. Je raisonnais ainsi, par exemple : quand je dessinai mon scarabée, il n'y avait pas trace de crâne sur le parchemin ; quand j'eus fini mon dessin, je vous le fis passer, et je ne vous perdis pas de vue que vous ne me l'eussiez rendu. Conséquemment ce n'était pas vous qui aviez dessiné le crâne, et il n'y avait là aucune autre personne pour le faire. Il n'avait donc pas été créé par l'action humaine ; et cependant, il était là, sous mes yeux !

» Arrivé à ce point de mes réflexions, je m'appliquai à me rappeler et je me rappelai en effet, et avec une parfaite exactitude, tous les incidents survenus dans l'intervalle en question. La température était froide, — oh ! l'heureux, le rare accident ! — et un bon feu flambait dans la cheminée. J'étais suffisamment réchauffé par l'exercice, et je m'assis près de la table. Vous, cependant, vous aviez tourné votre chaise tout près de la cheminée. Juste au moment où je vous mis le parchemin dans la main, et comme vous alliez l'examiner, Wolf, mon terre-neuve, entra et vous sauta sur les épaules. Vous le caressiez avec la main gauche, et vous cherchiez à l'écarter, en laissant tomber nonchalamment votre main droite, celle qui tenait le parchemin, entre vos genoux et tout près du feu. Je crus un moment que la flamme allait l'atteindre, et j'allais vous dire de prendre garde ; mais avant que j'eusse parlé, vous l'aviez retiré, et vous vous étiez mis à l'examiner. Quand j'eus bien considéré toutes ces circonstances, je ne doutai pas un instant que la chaleur n'eût été l'agent qui avait fait apparaître sur le parchemin le crâne dont je voyais l'image. Vous savez bien qu'il y a, — il y en a eu de tout temps, — des préparations chimiques, au moyen desquelles on peut écrire sur du papier ou sur du vélin des caractères qui ne deviennent visibles que lorsqu'ils sont soumis à l'action du feu. On emploie quelquefois le safre[1], digéré dans l'eau régale[2] et délayé dans quatre fois son poids d'eau ; il en résulte une teinte verte. Le régule[1] de cobalt, dissous dans l'esprit de nitre[2], donne une couleur rouge. Ces couleurs disparaissent plus ou moins longtemps après que la substance sur laquelle on a écrit s'est refroidie, mais reparaissent à volonté par une application nouvelle de la chaleur.

» J'examinai alors la tête de mort avec le plus grand soin. Les contours extérieurs, c'est-à-dire les plus rapprochés du bord du vélin, étaient beaucoup plus distincts que les autres. Évidemment l'action du calorique avait été imparfaite ou inégale. J'allumai immédiatement du feu, et je soumis chaque partie du parchemin à une chaleur brûlante. D'abord cela n'eut d'autre effet que de renforcer les lignes un peu pâles du crâne ; mais, en continuant l'expérience, je vis apparaître, dans un coin de la bande, au coin diagonalement opposé à celui où était tracée la tête de mort, une figure que je supposai d'abord être celle d'une chèvre. Mais un examen plus attentif me convainquit qu'on avait voulu représenter un chevreau.

— Ah ! ah ! — dis-je, — je n'ai certes pas le droit de me moquer de vous ; — un million et demi de dollars ! c'est chose trop sérieuse pour qu'on en plaisante ; — mais vous n'allez pas ajouter un troisième anneau à votre chaîne ; — vous ne trouverez aucun rapport spécial entre vos pirates et une chèvre ; — les pirates, vous le savez, n'ont rien à faire avec les chèvres. — Cela regarde les fermiers.

— Mais je viens de vous dire que l'image n'était pas celle d'une chèvre.

— Bon ! va pour un chevreau ; c'est presque la même chose.

— Presque, mais pas tout à fait, — dit Legrand. — Vous avez entendu parler peut-être d'un certain capitaine Kidd. Je considérai tout de suite la figure de cet animal comme une espèce de signature logogryphique[1] ou hiéroglyphique (*kid*, chevreau). Je dis signature, parce que la place qu'elle occupait sur le vélin suggérait naturellement cette idée. Quant à la tête de mort placée au coin diagonalement opposé, elle avait l'air d'un sceau, d'une estampille. Mais je fus cruellement déconcerté par l'absence du reste, — du corps même de mon document rêvé, — du texte de mon contexte.

— Je présume que vous espériez trouver une lettre entre le timbre et la signature.

— Quelque chose comme cela. Le fait est que je me sentais comme irrésistiblement pénétré du pressentiment d'une immense bonne fortune imminente. Pourquoi ? je ne saurais trop le dire. Après tout, peut-être était-ce plutôt un désir qu'une croyance positive ? — mais croiriez-vous que le dire absurde de Jupiter, que le scarabée était en or massif, a eu une influence remarquable sur mon imagination ? Et puis cette série d'accidents et de coïncidences était vraiment si extraordinaire ! Avez-vous remarqué tout ce qu'il y a de fortuit là-dedans ? Il a fallu que tous ces événements arrivassent le seul jour de toute l'année où il a fait, où il a pu faire assez froid pour nécessiter du feu ; et sans ce feu, et sans l'intervention du chien au moment précis où il a paru, je n'aurais jamais eu connaissance de la tête de mort, et n'aurais jamais possédé ce trésor.

— Allez, allez, — je suis sur des charbons.

— Eh bien ! vous avez donc connaissance d'une foule d'histoires qui courent, de mille rumeurs vagues relatives aux trésors enfouis quelque part sur la côte de l'Atlantique par Kidd et ses associés ? En somme, tous ces bruits devaient avoir quelque fondement. Et si ces bruits duraient depuis si longtemps, et avec tant de persistance, cela ne pouvait, selon moi, tenir qu'à un fait, c'est que le trésor enfoui était resté enfoui. Si Kidd avait caché son butin pendant un certain temps et l'avait ensuite repris, ces rumeurs ne seraient pas sans doute venues jusqu'à nous sous leur forme actuelle et invariable. Remarquez que les histoires en question roulent toujours sur des chercheurs et jamais sur des trouveurs de trésors. Si le pirate avait repris son argent, l'affaire en serait restée là. Il me semblait que quelque accident, par exemple la perte de la note qui indiquait l'endroit précis, avait dû le priver des moyens de le recouvrer. Je supposais que cet accident était arrivé à la connaissance de ses compagnons, qui autrement n'auraient jamais su qu'un trésor avait été enfoui, et qui, par leurs recherches infructueuses, sans guide et sans notes positives, avaient donné naissance à cette rumeur universelle et à ces légendes aujourd'hui si communes. Avez-vous jamais entendu parler d'un trésor important qu'on aurait déterré sur la côte ?

— Jamais.

— Or, il est notoire que Kidd avait accumulé d'immenses richesses. Je considérais donc comme chose sûre que la terre les gardait encore ; et vous ne vous étonnerez pas trop quand je vous dirai que je sentais en moi une espérance, — une espérance qui montait presque à la certitude ; — c'était que le parchemin, si singulièrement trouvé, contiendrait l'indication disparue du lieu où avait été fait le dépôt.

— Mais comment avez-vous procédé ?

— J'exposai de nouveau le vélin au feu, après avoir augmenté la chaleur ; mais rien ne parut. Je pensai que la couche de crasse pouvait bien être pour quelque chose dans cet insuccès ; aussi je nettoyai soigneusement le parchemin en versant de l'eau chaude dessus, puis je le plaçai dans une casserole de fer-blanc, le crâne en dessous, et je posai la casserole sur un réchaud de charbons allumés. Au bout de quelques minutes, la casserole étant parfaitement chauffée, je retirai la bande de vélin, et je m'aperçus, avec une joie inexprimable, qu'elle était mouchetée en plusieurs endroits de signes qui ressemblaient à des chiffres rangés en lignes. Je replaçai la chose dans la casserole, je l'y laissai encore une minute, et quand je l'en retirai, elle était juste comme vous allez la voir.

Ici, Legrand, ayant de nouveau chauffé le vélin, le soumit à mon examen. Les caractères suivants apparaissaient en rouge, grossièrement tracés entre la tête de mort et le chevreau :

53‡‡+305))6*;4826)4‡.)4‡);806*;48+8¶60))85;1‡(;:‡*8+
83(88)5*+;46(;88*96*?;8)*‡(;485);5*+2:*‡(;4956*2(5*-
4)8q8*;4069285);)6+8)4‡‡;1(‡9;48081;8:8‡1;48+85;4)4
85+528806*81(‡9;48;(88;4(‡?34;48)4‡;161;:188;‡?;

— Mais, — dis-je, en lui rendant la bande de vélin, — je n'y vois pas plus clair. Si tous les trésors de Golconde[1] devaient être pour moi le prix de la solution de cette énigme, je serais parfaitement sûr de ne pas les gagner.

— Et cependant, — dit Legrand, — la solution n'est certainement pas aussi difficile qu'on se l'imaginerait au premier coup d'œil. Ces caractères, comme chacun pourrait le deviner facilement, forment un chiffre, c'est-à-dire qu'ils présentent un sens ; mais d'après ce que nous savons de Kidd, je ne devais pas le supposer capable de fabriquer un échantillon de cryptographie[2] bien abstruse. Je jugeai donc tout d'abord que celui-ci était d'une espèce simple, — tel cependant qu'à l'intelligence grossière du marin il dût paraître absolument insoluble sans la clef.

— Et vous l'avez résolu, vraiment ?

— Très aisément ; j'en ai résolu d'autres dix

mille fois plus compliqués. Les circonstances et une certaine inclination d'esprit m'ont amené à prendre intérêt à ces sortes d'énigmes, et il est vraiment douteux que l'ingéniosité humaine puisse créer une énigme de ce genre dont l'ingéniosité humaine ne vienne à bout par une application suffisante. Aussi, une fois que j'eus réussi à établir une série de caractères lisibles, je daignai à peine songer à la difficulté d'en dégager la signification.

» Dans le cas actuel, — et, en somme, dans tous les cas d'écriture secrète, — la première question à vider, c'est la *langue* du chiffre ; car les principes de solution, particulièrement quand il s'agit des chiffres les plus simples, dépendent du génie de chaque idiome, et peuvent en être modifiés. En général, il n'y a pas d'autre moyen que d'essayer successivement, en se dirigeant suivant les probabilités, toutes les langues qui vous sont connues, jusqu'à ce que vous ayez trouvé la bonne. Mais dans le chiffre qui nous occupe, toute difficulté à cet égard était résolue par la signature. Le rébus sur le mot *Kidd* n'est possible que dans la langue anglaise. Sans cette circonstance, j'aurais commencé mes essais par l'espagnol et le français, comme étant les langues dans lesquelles un pirate des mers espagnoles avait dû le plus naturellement enfermer un secret de cette nature. Mais, dans le cas actuel, je présumai que le cryptogramme était anglais.

» Vous remarquez qu'il n'y a pas d'espaces entre

les mots. S'il y avait eu des espaces, la tâche eût été singulièrement plus facile. Dans ce cas, j'aurais commencé par faire une collation et une analyse des mots les plus courts, et si j'avais trouvé, comme cela est toujours probable, un mot d'une seule lettre, *a* ou *I* (un, je) par exemple, j'aurais considéré la solution comme assurée. Mais puisqu'il n'y avait pas d'espaces, mon premier devoir était de relever les lettres prédominantes, ainsi que celles qui se rencontraient le plus rarement. Je les comptai toutes, et je dressai la table que voici :

Le caractère	8	se trouve	33	fois
»	;	»	26	»
»	4	»	19	»
»	‡ et)	»	16	»
»	*	»	13	»
»	5	»	12	»
»	6	»	11	»
»	+ et 1	»	8	»
»	0	»	6	»
»	9 et 2	»	5	»
»	: et 3	»	4	»
»	?	»	3	»
»	q	»	2	»
»	— et .	»	1	»

» Or la lettre qui se rencontre le plus fréquemment en anglais est *e*. Les autres lettres se succèdent dans cet ordre : *a o i d h n r s t u y c f g l m w b k p q x z. E* prédomine si singulièrement qu'il est très rare de trouver une phrase d'une certaine longueur, dont il ne soit pas le caractère principal.

» Nous avons donc, tout en commençant, une base d'opérations qui donne quelque chose de mieux qu'une conjecture. L'usage général qu'on peut faire de cette table est évident, mais pour ce chiffre particulier nous ne nous en servirons que très médiocrement. Puisque notre caractère dominant est 8, nous commencerons par le prendre pour l'*e* de l'alphabet naturel. Pour vérifier cette supposition, voyons si le 8 se rencontre souvent double ; car l'*e* se redouble très fréquemment en anglais, comme par exemple dans les mots : *meet, fleet, speed, seen, been, agree,* etc. Or, dans le cas présent, nous voyons qu'il n'est pas redoublé moins de cinq fois, bien que le cryptogramme soit très court.

» Donc 8 représentera *e*. Maintenant, de tous les mots de la langue, *the* est le plus usité ; conséquemment, il nous faut voir si nous ne trouverons pas répétée plusieurs fois la même combinaison de trois caractères, ce 8 étant le dernier des trois. Si nous trouvons des répétitions de ce genre, elles représenteront très probablement le mot *the*. Vérification faite, nous n'en trouvons pas moins de 7 ; et les caractères sont ;48. Nous pouvons donc supposer que ; représente *t*, que 4 représente *h*, et que 8 représente *e*, — la valeur du dernier se trouvant ainsi confirmée de nouveau. Il y a maintenant un grand pas de fait.

» Nous n'avons déterminé qu'un mot, mais ce seul mot nous permet d'établir un point beaucoup plus important, c'est-à-dire les commencements et les terminaisons d'autres mots. Voyons, par exemple, l'avant-dernier cas où se présente la combinaison ;48, presque à la fin du chiffre. Nous savons que le ; qui vient immédiatement après est le commencement d'un mot, et, des six caractères qui suivent ce *the,* nous n'en connaissons pas moins de cinq. Remplaçons donc ces caractères par les lettres qu'ils représentent, en laissant un espace pour l'inconnu :

t eeth.

» Nous devons tout d'abord écarter le *th* comme ne pouvant pas faire partie du mot qui commence par le premier *t,* puisque nous voyons, en essayant successivement toutes les lettres de l'alphabet pour combler la lacune, qu'il est impossible de former un mot dont ce *th* puisse faire partie. Réduisons donc nos caractères à

t ee,

et reprenant de nouveau tout l'alphabet, s'il le faut, nous concluons au mot *tree* (arbre), comme à la seule version possible. Nous gagnons ainsi une nouvelle lettre, *r*, représentée par (, plus deux mots juxtaposés, *the tree* (l'arbre).

» Un peu plus loin, nous retrouvons la combinaison ;48, et nous nous en servons comme de terminaison à ce qui précède immédiatement. Cela nous donne l'arrangement suivant :

the tree ;4(‡?34 *the,*

ou, en substituant les lettres naturelles aux caractères que nous connaissons,

the tree thr‡?3h the.

» Maintenant, si aux caractères inconnus nous substituons des blancs ou des points, nous aurons :

the tree thr...h the,

et le mot *through* (par, à travers) se dégage pour ainsi dire de lui-même. Mais cette découverte nous donne trois lettres de plus, *o, u* et *g*, représentées par ‡ ? et 3.

» Maintenant, cherchons attentivement dans le cryptogramme des combinaisons de caractères connus, et nous trouverons, non loin du commencement, l'arrangement suivant :

83(88, ou *egree,*

qui est évidemment la terminaison du mot *degree* (degré), et qui nous livre encore une lettre *d*, représentée par +.

» Quatre lettres plus loin que ce mot *degree*, nous trouvons la combinaison

;46(;88,

dont nous traduisons les caractères connus et représentons l'inconnu par un point ; cela nous donne :

th . rtee,

arrangement qui nous suggère immédiatement le mot *thirteen* (treize), et nous fournit deux lettres nouvelles, *i* et *n*, représentées par 6 et *.

» Reportons-nous maintenant au commencement du cryptogramme, nous trouverons la combinaison

53‡‡+.

» Traduisant comme nous avons déjà fait, nous obtenons :

. good,

ce qui nous montre que la première lettre est un

a, et que les deux premiers mots sont *a good* (un bon, une bonne).

» Il serait temps maintenant, pour éviter toute confusion, de disposer toutes nos découvertes sous forme de table. Cela nous fera un commencement de clef :

5	représente	*a*
+	»	*d*
8	»	*e*
3	»	*g*
4	»	*h*
6	»	*i*
*	»	*n*
‡	»	*o*
(	»	*r*
;	»	*t*

» Ainsi, nous n'avons pas moins de dix des lettres les plus importantes, et il est inutile que nous poursuivions la solution à travers tous ses détails. Je vous en ai dit assez pour vous convaincre que des chiffres de cette nature sont faciles à résoudre, et pour vous donner un aperçu de l'analyse raisonnée qui sert à les débrouiller. Mais tenez pour certain que le spécimen que nous avons sous les yeux appartient à la catégorie la plus simple de la cryptographie. Il ne me reste plus qu'à vous donner la traduction complète du document, comme si nous avions déchiffré successivement tous les caractères. La voici :

A good glass in the bishop's hostel in the devil's seat forty-one degrees and thirteen minutes northeast and by north main branch seventh limb east side shoot from the left eye of the death's-head a beeline from the tree through the shot fifty feet out.

(Un bon verre dans l'hostel de l'évêque dans la chaise du diable quarante et un degrés et treize minutes nord-est quart de nord principale tige septième branche côté est lâchez de l'œil gauche de la tête de mort une ligne d'abeille de l'arbre à travers la balle cinquante pieds au large.)

— Mais, — dis-je, — l'énigme me paraît d'une qualité tout aussi désagréable qu'auparavant. Comment peut-on tirer un sens quelconque de tout ce jargon de *chaise du diable*, de *tête de mort* et d'*hostel de l'évêque* ?

— Je conviens, — répliqua Legrand, — que l'affaire a l'air encore passablement sérieux, quand on y jette un simple coup d'œil. Mon premier soin fut d'essayer de retrouver dans la phrase les divisions naturelles qui étaient dans l'esprit de celui qui l'écrivit.

— De la ponctuer, voulez-vous dire ?

— Quelque chose comme cela.

— Mais comment diable avez-vous fait ?

— Je réfléchis que l'écrivain s'était fait une loi d'assembler ses mots sans aucune division, espérant rendre ainsi la solution plus difficile. Or, un homme qui n'est pas excessivement fin sera presque toujours enclin, dans une pareille tentative, à dépasser la mesure. Quand, dans le cours de sa composition, il arrive à une interruption de sens qui demanderait naturellement une pause ou un point, il est fatalement porté à serrer les caractères plus que d'habitude. Examinez ce manuscrit, et vous découvrirez facilement cinq endroits de ce genre où il y a pour ainsi dire encombrement de caractères. En me dirigeant d'après cet indice, j'établis la division suivante :

A good glass in the bishop's hostel in the devil's seat — forty-one degrees and thirteen minutes — northeast and by north — main branch seventh limb east side — shoot from the left eye of the death's-head — a beeline from the tree through the shot fifty feet out.

(Un bon verre dans l'hostel de l'évêque dans la chaise du diable — quarante et un degrés et treize minutes — nord-est quart de nord — principale tige septième branche côté est — lâchez de l'œil gauche de la tête de mort — une ligne d'abeille de l'arbre à travers la balle cinquante pieds au large.)

— Malgré votre division, — dis-je, — je reste toujours dans les ténèbres.

— J'y restai moi-même pendant quelques jours, — répliqua Legrand. Pendant ce temps, je fis force recherches dans le voisinage de l'île de Sullivan sur un bâtiment qui devait s'appeler l'*Hôtel de l'Évêque* ; car je ne m'inquiétai pas de la vieille orthographe du mot *hostel*. N'ayant trouvé aucun renseignement à ce sujet, j'étais sur le point d'étendre la sphère de mes recherches, et de procéder d'une manière plus systématique, quand, un matin, je m'avisai tout à coup que ce *Bishop's hostel* pouvait bien avoir rapport à une vieille famille du nom de Bessop[1], qui, de temps immémorial, était en possession d'un ancien manoir à quatre milles environ au nord de l'île. J'allai donc à la plantation, et je recommençai mes questions parmi les plus vieux nègres de l'endroit. Enfin, une des femmes les plus âgées me dit qu'elle avait entendu parler d'un endroit comme *Bessop's castle* (château de Bessop), et qu'elle croyait bien pouvoir m'y conduire, mais que ce n'était ni un château ni une auberge, mais un grand rocher.

Je lui offris de la bien payer pour sa peine, et, après quelque hésitation, elle consentit à m'accompagner jusqu'à l'endroit précis. Nous le découvrîmes sans trop de difficultés, je la congédiai, et commençai à examiner la localité. Le *château* consistait en un assemblage irrégulier de pics et de rochers, dont l'un était aussi remarquable pour sa hauteur que par son isolement et sa configuration quasi artificielle. Je grimpai au sommet, et là je me sentis fort embarrassé de ce que j'avais désormais à faire.

» Pendant que j'y rêvais, mes yeux tombèrent sur une étroite saillie dans la face orientale du rocher, à un yard environ au-dessous de la pointe où j'étais placé. Cette saillie se projetait de dix-huit pouces à peu près, et n'avait guère plus d'un pied de large ; une niche creusée dans le pic juste au-dessus lui donnait une grossière ressemblance avec les chaises à dos concave dont se servaient nos ancêtres. Je ne doutai pas que ce ne fût là *la chaise du Diable* dont il était fait mention dans le manuscrit, et il me sembla que je tenais désormais tout le secret de l'énigme.

» Le *bon verre*, je le savais, ne pouvait pas signifier autre chose qu'une longue-vue ; car nos marins emploient rarement le mot *glass* dans un autre sens. Je compris tout de suite qu'il fallait ici se servir d'une longue-vue, en se plaçant à un point de vue défini et *n'admettant aucune variation*. Or, les phrases : *quarante et un degrés et treize minutes*, et *nord-est quart de nord*, — je n'hésitai pas un instant à le croire, — devaient donner la direction pour pointer la longue-vue. Fortement remué par toutes ces découvertes, je me précipitai chez moi, je me procurai une longue-vue, et je retournai au rocher.

» Je me laissai glisser sur la corniche, et je m'aperçus qu'on ne pouvait s'y tenir assis que dans une certaine position. Ce fait confirma ma conjecture. Je pensai alors à me servir de la longue-vue. Naturellement les *quarante et un degrés et treize minutes* ne pouvaient avoir trait qu'à l'élévation au-dessus de l'horizon sensible, puisque la direction horizontale était clairement indiquée par les mots *nord-est quart de nord*. J'établis cette direction au moyen d'une boussole de poche ; puis, pointant, aussi juste que possible par approximation, ma longue-vue à un angle de quarante et un degrés d'élévation, je la fis mouvoir avec précaution de haut en bas et de bas en haut, jusqu'à ce que mon attention fût arrêtée par une espèce de trou circulaire ou de lucarne dans le feuillage d'un grand arbre qui dominait tous ses voisins dans l'étendue visible. Au centre de ce trou j'aperçus un point blanc, mais je ne pus pas tout d'abord distinguer ce que c'était. Après avoir ajusté le foyer de ma longue-vue, je regardai de nouveau, et je m'assurai enfin que c'était un crâne humain.

» Après cette découverte qui me combla de confiance, je considérai l'énigme comme résolue ; car la phrase : *principale tige, septième branche, côté est*, ne pouvait avoir trait qu'à la position du crâne sur l'arbre, et celle-ci : *lâchez de l'œil gauche de la tête de mort*, n'admettait aussi qu'une interprétation, puisqu'il s'agissait de la recherche d'un trésor enfoui. Je compris qu'il fallait laisser tomber une balle de l'œil gauche du crâne, et qu'une ligne d'abeille, ou, en d'autres termes, une ligne droite, partant du point le plus rapproché du tronc, et s'étendant, *à travers la balle*, c'est-à-dire à travers le point où tomberait la balle, indiquerait l'endroit précis,

— et sous cet endroit je jugeai qu'il était pour le moins possible qu'un dépôt précieux fût encore enfoui.

— Tout cela, — dis-je, — est excessivement clair, et tout à la fois ingénieux, simple et explicite. Et quand vous eûtes quitté l'*Hôtel de l'Évêque*, que fîtes-vous ?

— Mais, ayant soigneusement noté mon arbre, sa forme et sa position, je retournai chez moi. À peine eus-je quitté *la chaise du Diable*, que le trou circulaire disparut, et, de quelque côté que je me tournasse, il me fut désormais impossible de l'apercevoir. Ce qui me paraît le chef-d'œuvre de l'ingéniosité dans toute cette affaire, c'est ce fait (car j'ai répété l'expérience et me suis convaincu que c'était un fait), que l'ouverture circulaire en question n'est visible que d'un seul point, et cet unique point de vue, c'est l'étroite corniche sur le flanc du rocher.

» Dans cette expédition à l'*Hôtel de l'Évêque* j'avais été suivi par Jupiter, qui observait sans doute depuis quelques semaines mon air préoccupé, et mettait un soin particulier à ne pas me laisser seul. Mais le jour suivant, je me levai de très grand matin, je réussis à lui échapper, et je courus dans les montagnes à la recherche de mon arbre. J'eus beaucoup de peine à le trouver. Quand je revins chez moi à la nuit, mon domestique se disposait à me donner la bastonnade. Quant au reste de l'aventure, vous êtes, je présume, aussi bien renseigné que moi.

— Je suppose, — dis-je, — que, lors de nos premières fouilles, vous aviez manqué l'endroit par suite de la bêtise de Jupiter, qui laissa tomber le scarabée par l'œil droit du crâne au lieu de le laisser filer par l'œil gauche.

— Précisément. Cette méprise faisait une différence de deux pouces et demi environ relativement à *la balle,* c'est-à-dire à la position de la cheville près de l'arbre ; si le trésor avait été sous l'endroit marqué par *la balle,* cette erreur eût été sans importance ; mais *la balle* et le point le plus rapproché de l'arbre étaient deux points ne servant qu'à établir une ligne de direction ; naturellement, l'erreur, fort minime au commencement, augmentait en proportion de la longueur de la ligne, et, quand nous fûmes arrivés à une distance de cinquante pieds, elle nous avait totalement dévoyés. Sans l'idée fixe dont j'étais possédé, qu'il y avait positivement là, quelque part, un trésor enfoui, nous aurions peut-être bien perdu toutes nos peines.

— Mais votre emphase, vos attitudes solennelles, en balançant le scarabée ! — quelles bizarreries ! Je vous croyais positivement fou. Et pourquoi avez-vous absolument voulu laisser tomber du crâne votre insecte, au lieu d'une balle ?

— Ma foi ! pour être franc, je vous avouerai que je me sentais quelque peu vexé par vos soupçons relativement à l'état de mon esprit, et je résolus de vous punir tranquillement, à ma manière, par un petit brin de mystification froide. Voilà pourquoi je balançais le scarabée, et voilà pourquoi je voulus le faire tomber du haut de l'arbre. Une observation que vous fîtes sur son poids singulier me suggéra cette dernière idée.

— Oui, je comprends ; et maintenant il n'y a plus qu'un point qui m'embarrasse. Que dirons-nous des squelettes trouvés dans le trou ?

— Ah ! c'est une question à laquelle je ne saurais pas mieux répondre que vous. Je ne vois qu'une manière plausible de l'expliquer, — et mon hypothèse implique une atrocité telle que cela est horrible à croire. Il est clair que Kidd, — si c'est bien Kidd qui a enfoui le trésor, ce dont je ne doute pas, pour mon compte, — il est clair que Kidd a dû se faire aider dans son travail. Mais la besogne finie, il a pu juger convenable de faire disparaître tous ceux qui possédaient son secret. Deux bons coups de pioche ont peut-être suffi, pendant que ses aides étaient encore occupés dans la fosse ; il en a peut-être fallu une douzaine.

— Qui nous le dira ?

DOSSIER

CHRONOLOGIE

1804. David Poe, le père d'Edgar, quitte sa famille pour s'enfuir avec une compagnie d'acteurs, les *Charleston Players*. Il rencontre une jeune actrice, Elizabeth Hopkins (Arnold, de son nom de jeune fille), qui est elle-même la fille d'acteurs londoniens.

1806. David Poe épouse Elizabeth Hopkins, qui a dix-neuf ans. Elle joue, danse, chante ; mais son jeune époux est buveur, et tuberculeux ; en outre, c'est un piètre acteur.

1807. Naissance d'un premier fils, William Henry.

1809. 19 janvier : naissance d'un deuxième fils, Edgar, à Boston. Pendant un engagement à New York, le père d'Edgar disparaît, et meurt sans doute assez vite.

1810. Naissance d'une fille, Rosalie. La mère, malade, apparaît au théâtre de façon intermittente.

1811. Elizabeth est à Richmond, où Mrs Allan fait sa connaissance en allant chez leur logeuse ; elle envoie des provisions à la malheureuse famille. Quelques représentations ont lieu, dans le but de la secourir.

Elle va jouer à Charleston, en Caroline du Sud, puis à Richmond de nouveau. En décembre, elle meurt à vingt-quatre ans, de tuberculose pulmonaire. Le jeune Edgar, qui n'a pas encore trois ans, voit sa mère morte : il ne l'oubliera jamais.

Tandis que Rosalie est emmenée chez une amie de Mrs Allan, Edgar est recueilli par les Allan ; il ne sera jamais adopté officiellement, mais portera toujours le nom d'Allan après son prénom.

Edgar va à l'école à Richmond. Mr Allan est un négociant en tabac, mais vend aussi d'autres marchandises, parmi lesquelles des esclaves.

1815. Après un début d'éducation soignée, où la Bible tient une grande place — malgré l'influence « rationaliste » de John Allan —, Edgar part en Angleterre avec ses parents adoptifs, les affaires de Mr Allan étant dans un état inquiétant. Arrivée à Liverpool. Séjour à Londres. Edgar, séparé de sa famille, est si malheureux qu'il s'enfuit : première fugue qui sera suivie d'autres, même à l'âge adulte.

1817. Edgar est envoyé à l'école de Stoke Newington, qui était alors située à la campagne, et dont les bâtiments et l'atmosphère « gothiques » resteront dans sa mémoire et apparaîtront dans plusieurs de ses contes (en particulier dans *William Wilson*).

Le caractère d'Edgar, instable et irritable, le rend souvent insupportable à ses condisciples, bien qu'il réussisse fort bien dans ses études et dans les sports.

1820. La famille retourne en Amérique ; d'abord à New York, puis à Richmond. Edgar reprend ses classes, se lie avec Ebenezer Burling, joue au Robinson avec lui, mais commence à manifester un goût marqué pour la solitude et la rêverie.

Il rencontre un soir la mère d'un camarade d'école, Bob Stanard, imagine qu'il en est tombé amoureux, et écrit pour elle : *To Helen*.

1823. Les affaires de John Allan périclitent, l'atmosphère de la maison est sombre. Edgar continue à écrire des vers, qu'il adresse aux élèves de l'école où est sa sœur Rosalie ; ce en quoi il est encouragé par sa mère adoptive ; mais il aime aussi jouer des tours aux personnages respectables de Richmond, à la grande irritation de John Allan. Celui-ci se détache peu à peu de sa femme, déjà malade, et ses infidélités, qu'elle découvre, augmentent la lassitude et la tristesse de cette mère adoptive qu'Edgar adore.

1824. « Helen », qu'Edgar semble aimer d'un amour quasi filial, devient folle et meurt. La douleur de Poe est violente, il retourne souvent pleurer sur sa tombe, retrouvant dans son souvenir celui de sa mère morte.

1825. John Allan achète une grande maison entourée de jardins, et vit, avec sa femme dont la santé décline lentement et Edgar, comme un riche bourgeois du Sud, ayant domestiques et esclaves. Edgar conçoit pour Elmira Royster une vive passion, à laquelle s'oppose sévèrement John Allan. L'animosité grandit entre le père adoptif et ce fils trop aimé de sa mère.

1826. Edgar est envoyé à l'université de Virginie. L'argent que lui alloue John Allan ne permet pas au jeune homme de tenir le rang auquel il croit avoir droit, auquel il aspire en tout cas. Il boit, il joue, comme la plupart de ses camarades ; il fait des dettes. Il se distingue pourtant dans ses études, en français, en latin, en italien ; mais aussi il se bat en duel, et prend sa part des bagarres et exploits des étudiants. La correspondance enflammée qu'il entretient avec Elmira est interceptée, et de désespoir Edgar boit de plus belle. John Allan saisit ce prétexte pour le retirer de l'université et prétend lui faire accepter une place dans sa maison de commerce. Edgar refuse, et tombe dans une profonde mélancolie.

1827. Après une querelle plus violente avec John Allan, il quitte la maison et s'enfuit : fuite dans laquelle on retrouve celle de son père, imitation inconsciente, ou manifestation, plusieurs fois répétée désormais, du « démon de la perversité ».

Il part pour Boston, avec un peu d'argent avancé en secret par Mrs Allan et sa sœur, « Tante » Nancy ; il a l'espoir de trouver plus bienveillant le Nord où il est né que le Sud qui lui montre une telle ingratitude. Et sa mère mourante ne lui avait-elle pas dit d'« aimer Boston » ?

Un jeune éditeur accepte de publier ses premières œuvres, *Tamerlane and Other Poems by a Bostonian* — ce qui est un défi jeté au Sud qui refuse de reconnaître son génie. Le besoin d'argent le contraint, en mai, à s'engager dans l'armée sous un faux nom, pour cinq ans. Il a vingt-deux ans ; son régiment, au début, est en garnison à Boston, puis sur l'île de Sullivan, dans le port de Charleston, en Caroline du Sud, où il placera le décor du conte *Le Scarabée d'or*. Les récits de pirates et de trésors qu'on retrouvera dans ses contes viennent sans doute des récits entendus pendant cette période. Il compose *Al Aaraaf*, poème où se mêlent les paysages de l'île Sullivan et les souvenirs d'astronomie du temps où il contemplait les étoiles, par le télescope de la maison de John Allan.

1829. Il demande à son père adoptif de le faire entrer à l'école militaire de West Point. John Allan ne répond pas à ses appels. Mrs Allan meurt, sans avoir revu Edgar, qui obtient une permission trop tard pour assister au service funèbre.

John Allan accepte cependant qu'Edgar entre à West Point et l'aide à obtenir sa libération de l'engagement pris dans l'armée.

Edgar est reçu pour la première fois chez sa tante, Mrs Clemm, qui a quarante ans et vit à Baltimore. La famille, très pauvre, se compose d'une grand-mère paralysée, du frère d'Edgar, William Henry Poe, malade et alcoolique, du fils de Maria Clemm, tuberculeux, et de sa fille Virginia, enfant de sept ans qui est éperdue d'admiration devant ce cousin brillant et presque célèbre. C'est en effet à la fin de cette année-là que Poe réussit à faire publier chez un éditeur de Boston *Al Aaraaf* et ses premiers poèmes.

1830. Il entre à West Point et John Allan accepte de le recevoir de nouveau à Richmond. Mais ce dernier s'est mis en tête d'épouser sa belle-sœur Nancy, et Edgar s'oppose avec violence à ce mariage, par un obscur et complexe sentiment de jalousie : voir « Tante » Nancy remplacer la mère qu'il adorait, laquelle avait déjà remplacé sa propre mère, lui fait horreur.

La situation d'Edgar à West Point est humiliante, d'abord par manque d'argent, ensuite parce qu'il est « sorti des rangs ». Le travail scolaire lui plaît, il se révèle bon mathématicien. Il se crée un personnage auréolé d'une gloire factice, invente des combats en Grèce, comme Byron, et recherche de plus en plus la solitude.

Un sonnet sur la *Science*, ennemie de la Poésie, est composé à cette époque, et sera publié avec les précédents poèmes. On l'a interprété, ingénieusement, comme un hymne au principe maternel contre le père détesté... Le poète en tout cas se fatigue vite de la vie militaire, recommence à boire, à jouer, à faire des dettes.

1831. Publication d'une nouvelle édition de ses poèmes. Poe néglige ses devoirs militaires ; une cour martiale prononce sa condamnation, et il est renvoyé de West Point. Il s'installe à New York ; un appel désespéré à John Allan reste naturellement sans réponse.

Le troisième volume des poèmes est publié.

Poe retourne à Baltimore chercher asile et secours auprès de Mrs Clemm ; l'épidémie de choléra de cette année-là aura un écho dans plusieurs de ses contes ; et la pluie de météores qu'on observe à cette époque se retrouvera dans le dialogue entre *Eiros et Charmion*.

Mort de son frère, William Henry Poe.

Le *Philadelphia Saturday Courier* annonçant un concours de contes, Edgar Poe s'essaye dans ce genre nouveau pour lui, en vue d'obtenir quelques subsides pour la famille très pauvre chez laquelle il vit.

1832. Il n'obtient pas le prix, mais le *Courier* publie plusieurs de ses récits (*Metzengerstein, The Duke de l'Omelette*, etc.).

1833. Poe publie un poème, *Sérénade*, dans le *Baltimore Saturday Visiter* ; puis, à l'annonce d'un concours de poésie et de contes, il envoie au même journal un autre poème et six contes. Parmi ceux-ci figure *Manuscrit trouvé dans une bouteille*, pour lequel il reçoit un prix de cent dollars.

Il est introduit dans un petit cercle d'écrivains et de journalistes présidé par John Pendleton Kennedy, l'un des juges du concours.

1834. Il décide soudain d'épouser sa cousine Virginia, qui a douze ans. La famille le persuade de remettre le mariage à plus tard.

1835. Grâce à la recommandation de Kennedy, il publie successivement *Bérénice, Morella, Hans Pfaall* dans le *Southern Literary Messenger*. Le propriétaire du *Messenger* s'intéresse à Poe, qui entre à la rédaction du journal. Il revient chez Mrs Clemm avec une situation presque stable. Poe a des amis bienveillants, une réputation naissante. Il songe à nouveau à épouser Virginia, et devant l'opposition persistante de la famille, il a une de ses crises périodiques de dépression et se remet à boire. Le *Messenger* publie cette année-là plusieurs de ses contes : *Ombre, Le Roi Peste*, etc.

Mrs Clemm, espérant redonner courage à Edgar, consent au mariage — secret — avec Virginia, qui n'a que treize ans. Poe travaille assidûment au *Messenger*, qui connaît un succès rapide, le nombre des abonnés augmente ; Poe y publie des contes, des essais, des comptes rendus de livres nouveaux et des poèmes. Il devient éditeur en chef du *Messenger* avec un salaire annuel qui met pour un temps la maisonnée à l'abri du besoin.

1836. Le mariage officiel avec Virginia est célébré, grâce à un ami qui affirme sous serment que la fiancée a vingt et un ans : elle n'en a pas quatorze.

1837. Poe se sépare du *Messenger*, après s'être remis à boire.
Toute la famille part pour New York.
Le début de *Arthur Gordon Pym* commence pourtant à paraître dans le *Messenger* ; le roman complet paraîtra plus tard. À New York, Poe cherche en vain un travail régulier. Il publie *Ligeia* dans *The American Museum*, de Baltimore.

1838. Il s'installe à Philadelphie.

1839. Il collabore au *Gentleman's Magazine and American Monthly Review*, où il publie quelques contes : *La Chute de la maison Usher, William Wilson, Morella* (déjà paru en 1835).

1840. Publication de *Tales of the Grotesque and Arabesque* qui réunit vingt-quatre contes, presque tous déjà publiés en revues.

1841. Il entre dans le comité de rédaction du *Graham's Magazine*. Il donne une impulsion nouvelle à la revue qui passe de 5 500 à 25 000 abonnés, mais le salaire de Poe ne change pas. La vie de la famille devient un peu plus brillante, les Graham s'avèrent des amis agréables. C'est l'année où Poe crée Dupin, le détective infaillible dans ses raisonnements ; *Double assassinat dans la rue Morgue* paraît alors.

1842. Virginia a pour la première fois une hémoptysie, un soir qu'elle chante pour des amis. Le coup est terrible pour Poe qui cherche une consolation dans l'alcool. Il publie plusieurs contes, en particulier *Le Portrait ovale* où transparaît la menace de la mort d'une jeune femme (et qui eut comme premier titre : *Life in Death*) et *Le Masque de la mort rouge*, où le thème de la mort devient une obsession. Il rencontre

Dickens à Philadelphie ; mais il rencontre plus souvent dans quelque taverne un groupe d'amis avec lesquels il s'enivre ; Griswold est parmi ceux-là, et Poe le désignera comme son futur biographe, malgré des conflits fréquents entre les deux hommes, peut-être parce que Griswold est l'auteur d'une anthologie, et que Poe désire être représenté parmi les grands noms de la littérature américaine.

Malgré la sincérité de son chagrin, il part soudain rejoindre à Jersey City un amour de jeunesse, Mary Devereux : fugue brève où il cherche peut-être à se délivrer de la hantise du sang qui l'a profondément marqué lors du premier accident de sa femme. Il traverse des périodes de dépression allant, de son propre aveu, jusqu'à la folie (ce thème reviendra souvent dans les contes).

1843. Il publie, dans des revues différentes, des poèmes et des contes : *Le Ver conquérant* dans *Graham's*.

Il trouve à New York un emploi assez humble dans l'*Evening Mirror*, et finit par écrire *Le Corbeau*, qui sera publié dans plusieurs journaux à la fois dès l'année suivante, établissant sa réputation dans son propre pays et même en Angleterre.

Il part soudain pour Washington, dans l'espoir d'être présenté au Président, mais n'y réussit point.

Il collabore au *Broadway Journal* et s'attire de vives inimitiés par ses violentes critiques contre les Transcendantalistes, et contre Longfellow, le plus admiré des poètes américains de l'époque. Bien que sa femme soit mourante, il noue quelques liaisons platoniques avec plusieurs de ses admiratrices, en particulier avec Frances Osgood, une poétesse qui mourra quatre ans plus tard de tuberculose pulmonaire : destin qui s'acharne contre Poe, ou secret penchant morbide ?

Les contes qu'il écrit sont plus sombres que jamais : *Le Cœur révélateur, Le Puits et le Pendule*. Il tente de lancer une nouvelle revue dont il serait propriétaire, *The Stylus* : rêve qui le poursuivra jusqu'à la fin de sa vie. Il va à Washington sur la promesse, ou dans l'espoir, de trouver un commanditaire, mais il s'enivre et n'inspire confiance à personne. **Il obtient** cependant **un succès éclatant avec la publication, dans le *Dollar Newspaper*, du *Scarabée d'or*, qui sera publié de nouveau dans le *Saturday Courier* de Philadelphie** ; *Le Chat noir* date aussi de cette période.

1844. Avril : Poe quitte Philadelphie pour New York. Il publie *Les Souvenirs de M. Auguste Beldoe* dans *Godey's Magazine, Le Canard au ballon* dans le *New York Sun* et *Révélation magnétique* dans le *Columbian Magazine*.

1845. Poe devient le propriétaire du *Broadway Journal* — qui n'aura qu'une durée éphémère. Sa liaison avec Mrs Osgood ne dure pas non plus, car leurs relations, pourtant innocentes, ont fait scandale, et elle est obligée de le fuir.

Il fait paraître successivement *La Lettre volée* dans *Gift, Le Corbeau* dans l'*Evening Mirror*, le *Mille et second conte* dans *Godey's* et *Petite discussion avec une momie* dans l'*American Review*. Virginia étant dans un état de plus en plus grave, la famille s'installe à Fordham, dans une maisonnette de la grande banlieue de New York. **Poe** travaille de façon intermittente, **réunit en volume douze de ses contes parmi lesquels *Le Scarabée d'or,*** *Double assassinat dans la rue Morgue* et *La Lettre volée,* et publie un nouveau récit, *Le Démon de la perversité,* dans *Graham's*. Il devient conférencier, lisant ses poèmes devant l'assistance choisie du *Boston Lyceum*. Il publie *La Barrique d'amontillado* dans *Godey's* et *La Vérité sur le cas de M. Valdemar* dans l'*American Review*. Cependant sa situation financière reste précaire, et deux journaux prennent l'initiative de faire appel aux admirateurs de Poe pour qu'on lui vienne en aide.

1846. Son humeur mélancolique s'accroît.
L'hiver de cette année achève de tuer Virginia. La pauvreté extrême de la maisonnée n'est soulagée que par l'aide de Mrs Marie-Louise Shew, qui apporte couverture et nourriture à la mourante.

1847. Mort de Virginia.
La douleur de Poe s'exprime dans *Ulalume,* publié dans l'*American Review* et, moins directement, dans *Eureka*. Poe semble plus agité que déprimé, à la limite du déséquilibre. Son instabilité se manifeste par des « fugues » constantes.

1848. Il continue à faire des lectures de ses poèmes et des conférences.
Il écrit un poème adressé à Mrs Shew dont l'amitié le console un peu ; et c'est chez elle qu'il écrira *The Bells,* dont elle lui a suggéré le thème. Lorsque la bienséance le contraint à interrompre ses visites, il tombe amoureux de Sarah Helen Whitman, poétesse spiritualiste et

romantique, prompte à s'émouvoir et à s'évanouir. Mais il s'attache aussi à Mrs Richmond et semble hésiter entre les deux femmes : la seconde, étant mariée, n'offre pas pour Poe le « danger » que présente l'autre, ou ne lui fait pas peur pour des raisons assez troubles. Ces hésitations et ces craintes remplissent les dernières années de Poe. Il fuit à Richmond pour échapper à des décisions difficiles, ou à des initiatives devant lesquelles il se dérobe. Pendant deux semaines, il boit pour oublier, puis donne rendez-vous à Mrs Whitman dans un cimetière, pour lui déclarer son amour, parfaite illustration de son thème favori. Une correspondance suit, plus passionnée que tendre.

Il retourne vers « Annie », Mrs Richmond, et se rend compte qu'il ne peut vivre sans l'une et l'autre. Les lettres qu'il adresse aux deux sont désespérées ; il tente de se suicider en absorbant du laudanum.

Une troisième « amante » l'attire ; c'est Mrs James Locke qui l'invite à venir parler à Lowell, dans le Massachusetts, sur les poètes américains. Mais il va d'abord à Providence (Rhode Island) demander la main de Mrs Whitman, qui remet sa réponse à plus tard, tandis qu'il célèbre « Annie » dans *Le Cottage de Landor*. Mrs Whitman lui a promis de l'épouser s'il renonce à l'alcool. À leur rencontre suivante, il est ivre, et essuie un refus catégorique.

1849. Dans un sursaut d'énergie, il écrit *Eldorado*, poème du mirage sans cesse entrevu, jamais satisfait, et *For Annie* en l'honneur de Mrs Richmond, unissant une dernière fois les thèmes de l'amour et de la mort.

Sa santé s'altère, il boit de plus en plus, se drogue, a des crises de désespoir. Lorsqu'il écrit *Annabel Lee*, c'est en souvenir de sa femme, que ses autres passions ne lui font pas oublier. Il publie encore *Hop-Frog* dans *The Flag of our Union*. Quittant Fordham pour New York dans l'espoir toujours tenace de trouver des fonds pour sa revue, il s'arrête à Philadelphie. Son état physique et mental s'aggrave, il est en proie au délire de la persécution, il a des hallucinations : un ange en robe blanche le dissuade de se suicider. Il écrit à Mrs Clemm plusieurs lettres, qui sont des appels de plus en plus pressants. Il quitte Philadelphie pour Richmond où il s'arrête juste le temps de se fiancer avec son Elmira de jadis, devenue Mrs Shelron, et fait, devant témoins, le serment de ne plus boire.
Sa dernière conférence sur « Le principe poétique » a beaucoup de succès. Il la refait, après Richmond, à Norfolk, en Virginie, revient à Richmond et bien que malade part à nouveau pour Baltimore. Le 3 octobre, on le retrouve dans la rue, inanimé, près d'un café qui venait de servir de bureau de vote pour les élections législatives. Il meurt le 7 octobre sans avoir repris connaissance.

GERMAINE LANDRÉ

NOTICE

Après avoir remporté un prix organisé par le magazine *Dollar Newspaper : Saturday Courier* de Philadelphie, *The Gold Bug* y fut publié en deux parties : la première le 21 juin 1843, puis l'ensemble complet le 28 juin. Dans cette première livraison se trouvait un article sur *Le Voyage aérien* de John Wise, qui put inspirer Poe pour *Le Canard au ballon*. Un supplément publia de nouveau l'ensemble le 12 juillet avec deux illustrations de Darley. Une édition pirate anglaise parut à Londres en 1846 ou 1847.

La première traduction française parut dans la *Revue britannique* de novembre 1845 sous le titre *Le Scarabée d'or*, et avec le nom de Poe. Le même titre fut utilisé par Isabelle Meunier dans *La Démocratie pacifique* des 23, 25 et 27 mai 1848. Une adaptation théâtrale eut lieu dès août 1843 au Walnut Street Theatre de Philadelphie sous le titre *Le Scarabée d'or ou le Trésor du pirate*. Dans une lettre du 28 mai 1844 à J. R. Lowell, Poe devait déclarer que ce conte était celui qui avait rencontré le plus de succès, avec plus de 300 000 exemplaires vendus.

La traduction de Baudelaire parut directement dans l'édition originale des *Histoires extraordinaires* (1856).

La nouvelle de Poe inspira largement Robert Louis Stevenson pour *L'Île au trésor* (qui reconnaît cette influence dans son essai *Mon premier livre*, publié en 1893) ou Conan Doyle dans « Le rituel des Musgrave » (*Mémoires de Sherlock Holmes*) et bien d'autres nouvelles policières reposant sur le déchiffrement des cryptogrammes. Il est remarquable en effet que Poe ait écrit ici à la fois une nouvelle de détection ou de « ratiocination » (ce fut ainsi la première nouvelle de Poe lue par Conan Doyle) et un mini-roman d'aventures illustré au XIXe siècle par Stevenson ou John Meade Falkner avec *Moonfleet* (1898). C'est le déchiffrage des signes codés qui constitue un « index » donnant accès à la réalité qu'ils désignent, à savoir le trésor : l'opération intellectuelle propre au décryptage des codes secrets les plus compliqués, que pratiquera Holmes avec « Les hommes dansants » (*Le Retour de Sherlock Holmes*) ou *La Vallée de la peur*, débouche ici sur un déplacement dans l'espace exotique qu'est l'île Sullivan, qui annonce l'île au trésor. Remarquons cependant que les héritiers de Poe pratiqueront une ironie souvent absente chez leur modèle, puisque leurs chasseurs de trésor, bien qu'utilisant cartes et cryptogrammes, rentreront souvent bredouilles, ou trouveront même la mort, comme dans *Le Trésor de la forêt* de H. G. Wells (1894). Au carrefour entre détection et aventure, Poe privilégie l'opération d'analyse intellectuelle, qui ne peut selon lui que conduire au succès, là où ses successeurs mettront l'accent sur le caractère douteux et souvent peu rémunérateur des chasses au trésor.

JEAN-PIERRE NAUGRETTE

NOTE SUR LA PRÉFACE DE BAUDELAIRE

La traduction française par Baudelaire du *Scarabée d'or* a paru en mars 1856 chez Michel Lévy dans le recueil *Histoires extraordinaires*. Elle était précédée d'un essai sur *Edgar Poe, sa vie et ses œuvres,* qu'il nous a paru indispensable de reprendre : même si l'on peut y relever quelques inexactitudes matérielles, il éclaire de façon géniale la personnalité et l'œuvre de Poe et contient quelques-unes des pages les plus nobles, les plus chaleureuses, les plus somptueusement insolentes (sur le progrès, la démocratie, le matérialisme de la société américaine) que Baudelaire ait jamais écrites.

L'essai *Edgar Poe, sa vie et ses œuvres* reprend à certains égards la longue étude publiée en mars et avril 1852 dans la *Revue de Paris* : *Edgar Allan Poe, sa vie et ses ouvrages*. Baudelaire avait d'abord pensé la placer en tête de sa traduction mais les citations et l'analyse des œuvres de Poe qu'elle contenait auraient fait double emploi avec le texte lui-même et surtout Baudelaire avait compris à quel point il devait se méfier des renseignements biographiques qu'il avait d'abord recueillis. L'étude de 1852 utilise largement un article de John M. Daniel publié dans le *Southern Literary Messenger*, le propre journal de Poe, quelques mois après la mort du poète, et Baudelaire avait pris pour argent comptant les affirmations désagréables, pour ne pas dire odieuses, contenues dans la notice nécrologique rédigée pour le *New York Tribune* du 9 octobre 1849 par Rufus Griswold : affirmations d'autant plus odieuses que Poe avait désigné Griswold comme son exécuteur testamentaire, honneur que rien n'obligeait celui-ci à accepter, sinon peut-être les rapports assez tendus qu'il avait eus avec le poète, son prédécesseur à la tête du *Graham's Magazine*. Baudelaire ne manquera pas de stigmatiser dans l'étude de 1856 « l'immortelle infamie » de Griswold, « le pédagogue-vampire », mais malgré le soin qu'il a mis à se documenter pour la refonte de l'article de 1852, quelques erreurs lui ont échappé ; nous relevons ici les plus importantes.

Page 14. Il s'agit du grand-père paternel (et non maternel) de Poe et celui-ci est né à Boston, le 19 janvier 1809, et non à Baltimore en 1813, comme l'écrit Baudelaire.

Pages 16 et 17. Ces voyages sont purement imaginaires. Poe n'a jamais combattu les Turcs, il n'est jamais allé en Grèce ni davantage à Saint-Pétersbourg. À l'époque de son prétendu voyage en Russie, il servait dans l'armée américaine comme simple soldat : on a émis l'hypothèse qu'il s'est inventé cette vie de voyageur à la fois par esprit de mystification et pour oublier un épisode peu stimulant de ses jeunes années. Quant à la « bizarre et ténébreuse... querelle domestique » avec les Allan, elle a dû être assez banale : Poe ne s'entendait pas avec la seconde Mrs Allan, cependant qu'Allan semble s'être conduit de façon fort peu généreuse avec le jeune homme, refusant en particulier de lui payer les frais d'une nouvelle session à l'université de Charlottesville, université que Poe dut ainsi quitter, mais sans en être expulsé, comme le croit Baudelaire. Baudelaire avait évoqué dans la version de 1852 le « coup » très grave porté à la mémoire de Poe par « le biographe » (il ne dit pas lequel) : « Veut-il insinuer que Poe chercha à séduire la femme de son père adoptif ? Il est réellement impossible de le deviner. Mais je crois avoir déjà suffisamment mis le lecteur en défiance contre les biographes américains. Ils sont trop bons démocrates pour ne pas haïr leurs grands hommes, et la malveillance qui poursuit Poe après la conclusion lamentable de sa triste existence, rappelle la haine britannique qui persécuta Byron. »

Page 22. Les circonstances de la mort de Poe sont assez mystérieuses. D'après un article du Dr Spencer paru dans le *New York Herald* en mars 1881, Poe serait arrivé à Baltimore une veille d'élections et aurait été victime d'une bande de racoleurs électoraux qui l'auraient enivré à mort pour s'assurer une voix de plus. « Comme il n'existait pas à Baltimore de liste d'électeurs qui permît le contrôle des votants, le racolage des voyageurs y était couramment pratiqué. Et malheur à ceux qui tombaient aux mains des Comités ! Aussitôt appréhendés, ils se voyaient jetés dans des caves ou confinés dans quelque arrière-cour où on les soumettait à un régime propre à assurer leur complète docilité. Pas de lumière, pas de lit, pas de nourriture, par contre des tonneaux de whisky et de boissons opiacées. Puis quand on les jugeait à point, on les menait au scrutin sous la surveillance de gardiens sûrs. » En fait Poe a peut-être été tout simplement victime d'une congestion cérébrale, ce qui ne rend pas sa fin moins misérable ni, pour Baudelaire, moins tragiquement significative.

Quant aux allusions à des personnages ou à des événements contemporains, elles sont parfaitement claires, sauf dans le passage concernant « le philosophe du chiffre » : on ne voit pas très bien qui peut être ce personnage proposant « une souscription à un sou par tête pour la suppression de la guerre, — et l'abolition de la peine de mort et de l'orthographe, ces deux folies corrélatives ! » (p. 13). Jacques Crépet a avancé le nom d'Émile de Girardin, l'inventeur du journal à un sou, « l'intrépide touche-à-tout, contre lequel sont dirigés maints traits de *Fusées* et de *Mon cœur mis à nu* ». Peut-être. En tout cas « l'écrivain célèbre de notre temps » qui « a écrit un livre pour démontrer que le poète ne pouvait trouver une bonne place ni dans une société démocratique ni dans une aristocratique » est évidemment le Vigny de *Stello* (p. 9) et c'est le suicide de Gérard de Nerval allant « délier son âme dans la rue la plus noire qu'il pût trouver... », « discrètement, sans déranger personne, — si discrètement que sa discrétion ressemblait à du mépris », qui a inspiré à Baudelaire l'étonnant passage sur les deux droits de l'homme oubliés par la « sagesse du XIXe siècle » : « le droit de se contredire et le droit de *s'en aller* » (p. 23-24). Enfin « la théologienne du sentiment » qui « supprime l'Enfer par amitié pour le genre humain » et qui est enveloppée dans le même opprobre que « le philosophe du chiffre » ne peut être que George Sand, la « femme Sand », la « grosse bête », la « possédée », contre laquelle Baudelaire se déchaînera dans *Mon cœur mis à nu* : « Je ne puis penser à cette stupide créature sans un certain frémissement d'horreur. Si je la rencontrais, je ne pourrais m'empêcher de lui jeter un bénitier à la tête. » Ou bien : « La Sand est pour le *Dieu des bonnes gens*, le dieu des concierges et des domestiques filous. Elle a de bonnes raisons pour vouloir supprimer l'enfer. » Cette allusion à George

Sand est d'autant plus remarquable que celle-ci est évoquée avec une relative mansuétude dans l'étude de 1852, la différence de traitement dont bénéficie « le très grand et très justement illustre écrivain... qui jette ses chefs-d'œuvre à la poste comme des lettres » permettant de mesurer la différence de température entre les deux textes : en 1852, Baudelaire a encore pris quelques précautions, en 1856 il s'est laissé aller sans retenue à tous ses sarcasmes et à tous ses dénis. Comme il l'écrit à Mme Aupick en lui adressant un exemplaire des *Histoires extraordinaires* : « Lisez la notice. Ce n'est pas celle que vous connaissez. Il n'est pas resté cinquante lignes de la première. Celle-ci est faite de manière à faire hurler. »

J.-P. N.

BIBLIOGRAPHIE

PRINCIPALES ÉDITIONS EN LANGUE ANGLAISE DES ŒUVRES D'EDGAR ALLAN POE

Tales of the Grotesque and Arabesque, Philadelphie, Lea et Blanchard, 1840, 2 vol. ; rééd., Gloucester, Mass., Peter Smith, 1965.

The Prose Romances of Edgar A. Poe, Philadelphie, William, H. Graham, 1843 ; rééd., St John's University Press, 1968.

Tales, New York, Wiley and Putnam, 1845 ; rééd., Charles E. Merrill, 1969.

The Works of the Late Edgar Allan Poe : With Notices of his Life and Genius, édition de N. P. Willis, J. R. Lowell et R. W. Griswold, New York, J. S. Redfield, 1850, 2 vol.

The Complete Works of Edgar Allan Poe (appelé aussi *Virginia Edition* ou *Monticello Edition*), édition de James A. Harrison, New York, Thomas Y. Crowell and Cy, 1902, 17 vol. ; rééd. AMS Press, 1965.

Tales of Mystery and Imagination, édition de Padraic Colum, London, Everyman's Library (1908), 1981.

The Complete Tales and Poems of Edgar Allan Poe, introduction de Hervey Allen, New York, The Modern Library, 1938.

Edgar Allan Poe, édition et sélection de Philip Van Doren Stern, New York, The Viking Press (1945), 1951, 1969.

Collected Works of Edgar Allan Poe, édition de Thomas Ollive Mabbott, Cambridge, Mass., The Belknap Press of Harvard University Press, 1969-1978, 3 vol.

Poetry, Tales, & Selected Essays, Library of American College Editions, 1996.

ÉDITIONS FRANÇAISES
DES *HISTOIRES EXTRAORDINAIRES*

Premières éditions

1856. Édition originale des *Histoires extraordinaires* chez Michel Lévy. (Quatre réimpressions : 1856, 1857, 1862, 1864).

1869. Les *Histoires extraordinaires* sont reprises au cinquième tome des *Œuvres complètes* de Baudelaire, édition posthume parue chez Michel Lévy. Le volume est précédé d'une notice de Théophile Gautier et contient, outre les textes de l'édition originale de 1856, *Le Mystère de Marie Roget* (détaché des *Histoires grotesques et sérieuses* parues en 1865, afin de ramener à deux volumes la traduction des contes de Poe, précédemment publiée en trois volumes).

Principales éditions modernes

1932. *Histoires extraordinaires*, édition critique établie par Jacques Crépet dans le cadre des *Œuvres complètes* de Baudelaire, Louis Conard éditeur.

1932. *Œuvres en prose* d'Edgar Allan Poe, édition établie par Y.-G. Le Dantec, « Bibliothèque de la Pléiade », Gallimard (nouvelle édition publiée en 1951).

1946. *Histoires extraordinaires*, édition établie par Léon Lemonnier dans les « Classiques Garnier ».

1965. *Histoires extraordinaires*, édition établie par Roger Asselineau dans la collection « Garnier-Flammarion ».

1968. *Contes*, édition de Roger Asselineau, Aubier-Flammarion, édition bilingue.

1973. *Histoires extraordinaires*, préface de Julio Cortázar, Gallimard, « Folio classique ».

1989. *Contes, essais, poèmes*, édition de Claude Richard, Laffont, « Bouquins ».

1999. *Histoires extraordinaires, grotesques et sérieuses*, édition d'Eric Lysoe, Gallimard, « Foliothèque ».

ÉTUDES BIOGRAPHIQUES

WOODBERRY, George E., *The Life of Edgar Allan Poe*, Boston (1885), 1909, 2 vol. ; New York, 1965.

LAUVRIÈRE, Émile, *Edgar Poe, sa vie et son œuvre*, Paris, 1904.

ALLEN, Hervey, *Israfel : The Life and Times of Edgar Allan Poe*, New York, 1926.

QUINN, Arthur H., *Edgar Allan Poe : A Critical Biography*, New York, 1941.

CABAU, Jacques, *Edgar Poe par lui-même*, Paris, Seuil, 1960.

WAGENKNECHT, Edward, *Edgar Allan Poe : The Man Behind the Legend*, New York, 1963.

WALTER, Georges, *Enquête sur Edgar Allan Poe, poète américain*, Paris, Flammarion, 1991 ; Phébus, 1998.

ÉTUDES CRITIQUES

FORGUES, E. D., « Les Contes d'Edgar Allan Poe », *Revue des Deux Mondes*, XVI (15 octobre 1846) ; repris dans le *Cahier de l'Herne « Edgar Allan Poe »*.

VERNE, Jules, « Edgar Poe et ses œuvres », *Musée des Familles*, avril 1864 ; repris dans le *Cahier de l'Herne « Edgar Allan Poe »*.

SEYLAZ, Louis, *Edgar Poe et les Premiers Symbolistes français*, Lausanne, 1923 ; Paris, 1924.

MESSAC, Régis, *Influences françaises dans l'œuvre d'Edgar Poe*, Paris, 1929.

ELIOT, T. S., « Note sur Mallarmé et Poe », *NRF*, novembre 1926 ; repris dans le *Cahier de l'Herne « Edgar Allan Poe »*.

—, *From Poe to Valéry*, New York, 1938.

LEMONNIER, Léon, *Les Traducteurs d'Edgar Poe en France de 1845 à 1875 : Charles Baudelaire*, Paris, 1928.

—, *Edgar Poe et les Conteurs français*, Paris (1932), 1947.

BONAPARTE, Marie, *Edgar Poe, sa vie, son œuvre : étude analytique*, Paris, P.U.F. (1933), 1958, 3 vol.

LACAN, Jacques, « Le séminaire sur *La Lettre volée* », *Écrits I*, Paris, Seuil, 1966.

REGAN, Robert (ed.), *Poe, a Collection of Critical Essays*, Englewood Cliffs, New Jersey, 1967.

RICARDOU, Jean, « L'Or du Scarabée », in *Théorie d'Ensemble*, Paris, 1968.

RICHARD, Claude (ed.), *Cahier de l'Herne « Edgar Allan Poe »*, Paris, l'Herne, 1974 ; l'Herne-Fayard, 1998.

—, *Edgar Allan Poe journaliste et critique*, Paris, Klincksieck, 1978.

—, *Edgar Allan Poe écrivain*, textes réunis par Henri Justin, Montpellier, université Paul-Valéry, 1990.

DERRIDA, Jacques, « Le facteur de la vérité », *La Carte postale*, Paris, Flammarion, 1980 (Sur *La Lettre volée*).

MILNER, Jean-Claude, « Retour à *La Lettre volée* », *Détections fictives*, Paris, Seuil, Fiction & Cie, 1985.

KENNEDY, J. G., *Poe, Death and Life of Writing*, Yale U. P., 1987.

JUSTIN, Henri, *Poe dans le champ du vertige*, Paris, Klincksieck, 1991.

MAJOR, René, « Scène(s) d'écriture(s) », *Lacan avec Derrida*, Mentha, 1991.

IRWIN, John T., *The Mystery to a Solution : Poe, Borges and the Analytic Detective Story*, The Johns Hopkins U. P., 1994.

DUCREU-PETIT, Maryse, *Edgar Allan Poe ou le livre des bords*, Presses universitaires de Lille, 1995.

J.-P. N.

NOTES

Page 47.

1. *Tarentule* : la morsure de cette araignée était censée provoquer le « tarentisme » ou envie hystérique de danser : ce phénomène était très répandu en Italie à la fin de l'époque médiévale. Poe a pu être inspiré par la pièce de Frederick Reynold, *The Dramatist* (1789), sans qu'un passage précis puisse être cité à l'appui : la mention *Tout de travers* pourrait être ironique de ce point de vue.

2. *William Legrand* : Le Grand est le nom d'une famille huguenote de Charleston, en Caroline du Sud.

3. Edgar Poe fut en garnison à Fort Moultrie de novembre 1827 à décembre 1828 : sa connaissance de l'île de Sullivan et de la région de Charleston est donc de première main, même s'il prend quelques libertés avec les faits dans la description qui suit.

Page 49.

1. *Jan Swammerdam* (1637-1680), naturaliste et collectionneur hollandais, auteur de *Biblia naturae, sive Historia insectorum* (1737-1738), traduit en 1758 sous le titre *Une histoire générale des insectes*.

Page 50.

1. *Scarabée* : le texte original mentionne le mot latin *scarabaeus*, et *scarabaei* pour le mot employé au pluriel plus bas.

2. *Le lieutenant G...* : l'un des officiers de Fort Moultrie du temps de Poe s'appelait Henry Griswold, qui rédigea une lettre de recommandation lorsque l'écrivain quitta l'armée.

Page 51.

1. *Antennes* : le texte original utilise le mot latin *antennae*, comme le rappelle Baudelaire dans sa note pour expliquer la confusion verbale de Jupiter.

Page 53.

1. *Scarabaeus caput hominis* : expression latine qui signifie littéralement « scarabée à tête d'homme ».

Page 56.

1. *Pâle comme une oie* : Baudelaire fait une erreur d'interprétation amusante à partir du mot *gose* employé par Jupiter, déformation de *ghost*, le fantôme, et non de *goose*, l'oie.

Page 58.

1. *Brusquerie* : en français dans le texte original.

Page 59.

1. Le texte original utilise le mot latin *solus*.

Page 67.

1. Le nom exact employé par les botanistes est *Liriodendron tulipifera*. Il n'y a aucun spécimen de tulipier sur l'île Sullivan, mais Poe aimait faire référence à

cet arbre, comme dans *Le Cottage Landor* (*Histoires grotesques et sérieuses*, Folio classique n° 1040).

Page 78.

1. Les calculs de Poe sont ici erronés : il voulait donner plus l'impression de savoir mathématique qu'autre chose.

Page 79.

1. Voir la nouvelle intitulée *La Caisse oblongue*, dans *Ne pariez jamais votre tête au diable*, Folio classique n° 2048.

Page 82.

1. Poe (*counters*) et Baudelaire (jetons) emploient ici un terme suffisamment vague pour désigner probablement des vieilles pièces n'ayant plus cours.

Page 84.

1. La première livraison du *Dollar Newspaper* du 21 juin 1843 se terminait à cet endroit.

Page 90.

1. *Safre* : oxyde bleu de cobalt.
2. *Eau régale* : le texte original utilise l'expression latine *aqua regia*. Il s'agit d'un mélange d'acide chlorhydrique et d'acide nitrique ayant la capacité de dissoudre l'or et le platine.

Page 91.

1. *Régule* : alliage obtenu en traitant le minerai.
2. *Nitre* : ancien nom du nitrate de potassium. Poe tient tous ces renseignements techniques de la *Cyclopaedia* d'Abraham Rees (1819).

Page 92.

1. *Logogryphe* ou logogriphe : énigme ou rébus, où l'on donne à deviner plusieurs mots formés des mêmes lettres. En l'occurrence, il s'agit d'un jeu de mots (terme utilisé dans l'original de Poe, et que Baudelaire complique ici) car *kid* signifie « chevreau » en anglais. Legrand parle plus bas d'un rébus sur le mot *Kidd* qui « n'est possible que dans la langue anglaise ».

Page 95.

1. *Golconde* : ancienne cité de l'Inde réputée pour ses trésors, notamment les diamants. Ses ruines se trouvent à quelques kilomètres au nord d'Hyderabad.

2. *Cryptographie* : code graphique déchiffrable par l'émetteur et le destinataire seulement, utilisé dans un message appelé cryptogramme. Le mot « chiffre » employé plus haut doit être entendu au sens de code chiffré. Sherlock Holmes déchiffrera lui aussi pareils messages codés.

Page 105.

1. *Bessop* : « évêque » se dit *bishop* en anglais.

J.-P. N.

DU MÊME AUTEUR

Dans la même collection

HISTOIRES EXTRAORDINAIRES. *Préface de Julio Cortázar. Traduction de Charles Baudelaire. Édition de Jean-Pierre Naugrette.*

NOUVELLES HISTOIRES EXTRAORDINAIRES. *Préface de Tzvetan Todorov. Traduction de Charles Baudelaire.*

AVENTURES D'ARTHUR GORDON PYM. *Préface de Jacques Cabau. Traduction de Charles Baudelaire.*

HISTOIRES GROTESQUES ET SÉRIEUSES. *Préface de Sylvère Monod. Traduction de Charles Baudelaire.*

NE PARIEZ JAMAIS VOTRE TÊTE AU DIABLE et autres contes non traduits par Baudelaire. *Préface et traduction d'Alain Jaubert.*

Composition Nord Compo
Impression Novoprint
à Barcelone, le 28 novembre 2018
Dépôt légal : novembre 2018
1er dépôt légal dans la collection : novembre 2014
ISBN 978-2-07-046286-5 / Imprimé en Espagne

346167